Nadja Wolters

Der nächste Seelenfänger

Band 1

Bibliografische Informationen der Deutschen Nationalbibliothek:
Die Deutsche Nationalbibliothek verzeichnet diese Publikation in der
Deutschen Nationalbibliografie; detaillierte bibliografische Daten
sind im Internet über dnb.dnb.de abrufbar

Originalausgabe
ISBN 9783749485260
September 2019
© 2019 Nadja Wolters

Verwendete Bilder von Adobe Stock: © BrAt82
Zeichnungen: © Jessica
Umschlaggestaltung: © Nadja Wolters

Herstellung und Verlag: BoD – Books on Demand, Norderstedt

Für jeden auf dieser Welt gibt es eine Aufgabe.

Prolog

Alles hat ein Gleichgewicht und alles ist Teil eines endlosen Kreislaufs.

Jede Seele hat einen Kreislauf, sie haben einen Anfang und ein Ende.

Die einen nutzen jede Sekunde von ihrer Geburt an, die anderen verschwenden sie bis zu ihrem Tod.

Und doch ist jede einzelne Seele hier, bis ihre Zeit abgelaufen ist.

Unter ihnen wandelt auch der Tod, als Seelenfänger bezeichnet, der Wächter des Gleichgewichts.

Unsichtbar, endlos, wartend.

Seine dunkle Essenz stets auf der Jagd nach Seelen, um sie einzusammeln.

Keiner entkommt ihm.

Niemals.

Das Gleichgewicht zu wahren, ist sein höchstes Gebot, seine einzige Aufgabe.

Er ist unsterblich und doch wieder nicht. Seine Seelenenergie schwindet, aber die dunkle Essenz lebt von Energie.

Ohne die dunkle Essenz stirbt er.

Ohne seine Energie stirbt die dunkle Essenz.

So ist er auf der Suche nach dem nächsten Wächter des Gleichgewichts, dem nächsten Seelenfänger.

Die Zeit läuft ab. Und ohne Seelenfänger herrscht das Chaos.

Kapitel 1

„Auch Dinge, die wir nicht verstehen,
geschehen aus einem bestimmten Grund."

Aus dem Autoradio drang leise eine krächzende Stimme, die den nächsten Song ankündigte, zu mir auf dem Rücksitz. Als die ersten Klänge ertönten, drehte meine Mutter mit schmalen, schlanken Fingern die Lautstärke kaum merklich auf. Ein Weihnachtssong. Dabei waren es über zwei Monate bis zum Fest der Liebe. Meine Eltern sahen sich an und während ein breites Grinsen ihr Gesicht erhellte, rollte mein Vater amüsiert die Augen. Ich beobachtete die beiden Menschen, die ich so sehr liebte, die Menschen, die meine ganze Welt ausmachten.

Die dünne Schneeschicht auf den Straßen glitzerte und funkelte im Scheinwerferlicht, das nur einen kegelförmigen Bereich vor dem Auto zu erhellen vermochte. Sonst herrschte absolute Dunkelheit, denn der Mond schaffte es nicht, sich gegen die dichten Wolken am Himmel durchzusetzen. Der Wald, der sich neben der unbeleuchteten Landstraße erstreckte, verschluckte auch das letzte Bisschen natürliches Licht. Einzelne Zweige wiegten sich im schwachen Wind und bildeten gruselig aussehende Gestalten, wenn sie vom Scheinwerfer angeleuchtet wurden. Ein kalter Schauer kroch mir den Rücken herunter. Ich zog die weiche Decke, die ich mir während der Fahrt umgelegt hatte, enger um mich herum. Dann zwang ich meinen Blick zurück zu meinem Vater. Seine Finger umklammerten das Lenkrad so fest, dass die Knöchel weiß hervortraten und seine Augen blieben fast immer auf die Straße gerichtet. Fast, denn als er bemerkte, wie ich ihn beobachtete, schnitt er lautlose Grimassen in den Rückspiegel. Unwillkürlich kicherte ich vor mich hin und erregte damit die Aufmerksamkeit meiner Mutter, die mich irritiert ansah.

»Worüber lachst du schon wieder?«, fragte sie, freute sich aber sichtlich über mein Lachen. Ihre Augen strahlten in einem Bernsteingold und sie hielt sich mit einer Hand die hellbraunen Haare aus dem Gesicht. Sie liebte mich. Sie liebte mich mehr als alles andere auf dieser Welt. Diese Art Liebe, die eine Mutter für ihr Kind empfand, die Liebe, für die sie, seit meiner Geburt, lebte. Wärme breitete sich in meiner Brust aus, die mir die Tränen in die Augen trieb. Plötzlich verlor mein Vater die Kontrolle über das Fahrzeug und es geriet ins Schleudern. Innerhalb weniger Sekunden überschlug sich das Auto und landete mit dem Dach auf dem Boden. Rotes Blut leuchtete überall, wo ich hinsah und der Winkel, in dem die Körperteile meiner Eltern lagen, sah schrecklich falsch aus.

Mit weit aufgerissenen Augen fuhr ich aus dem Bett hoch. Mein Herz schlug laut in meiner Brust und ich atmete viel zu hektisch. Ein Zittern bebte in meinem Körper, der soeben aus dem Albtraum gerissen wurde, der mich seit dem Tod meiner Eltern vor zwanzig Jahren verfolgte. Meine Finger hatten sich so sehr in die Decke gekrallt, dass ich sie nun schmerzhaft löste und die Hände ausschüttelte. Seufzend rieb ich mir über die Augen und fuhr mir durchs Haar, das meiner Mutter so ähnlich war. Der Vollmond stand hoch am Himmel und warf ein schwaches, silbernes Licht durch das Fenster in mein Zimmer. Es war mitten in der Nacht. Die Nächte, in denen ich ohne Albträume wach wurde, ließen sich an einer Hand abzählen. Bo, mein übergewichtiger Kater lag zusammengerollt neben mir und schnurrte zufrieden vor sich hin, als würden ihn meine Probleme so überhaupt nicht interessieren. Vielleicht hatte er sich auch einfach schon daran gewöhnt. Ich streichelte über das weiche, rote Fell und genoss die beruhigende Bewegung, bis sein Schnurren mich wieder in den Schlaf lullte.

Eine Weile später vernahm ich ein regelmäßiges grelles Piepen. Es dauerte eine halbe Ewigkeit bis mein Gehirn realisierte, dass es der Wecker war, der mich aus meinem Schlaf riss. Murrend und ohne die Augen zu öffnen, tastete ich nach dem störenden Ding, um diesen viel zu lauten Ton zum Schweigen zu bringen. Nach einigen Fehlversuchen fand ich den richtigen Knopf und der Wecker verstummte. Als es wieder Stille herrschte, atmete ich entspannt aus und drehte mich genüsslich auf die andere Seite. Die letzte Nacht waren keine erholsamen Stunden gewesen und ich kostete jede Sekunde Schlaf aus. Nur noch ein paar Minuten, dann würde ich aufstehen.

Versprochen.

Verzweifelt versuchte ich, wieder in meinen schönen Traum zu gleiten, aber wie immer ohne Erfolg, also warf ich nach wenigen Minuten schließlich frustriert die Decke zur Seite und suchte in meinem viel zu großen Kleiderschrank nach passenden Klamotten für den heutigen Tag. Während ich in meinen morgendlichen Selbstgesprächen den Wecker verfluchte, warf ich ihm kurz einen bösen Blick zu und...

Mist! Ich kam schon wieder zu spät! In Windeseile schlüpfte ich in die frischen Klamotten, huschte ins kleine Bad und war dankbar, dass ich am Abend bereits geduscht hatte, denn so hatte ich mehr Zeit meine strubbeligen, mittellangen Haare zu einem einigermaßen gepflegten Pferdeschwanz zu binden. In letzter Zeit putzte ich meine Zähne morgens nur noch im Eilverfahren und das Frühstück fiel gänzlich aus, denn ich verschlief immer öfter.

Auf dem zwanzigminütigen Fußweg zur Arbeit kam ich an der Bäckerei vorbei, in der ich mittlerweile Stammgast war und die meinen Becher Kaffee immer schon fertig auf der Theke stehen hatten, wenn ich kam. Ich bezahlte schnell mein Lebenselixier und warf der Frau mittleren Alters noch ein dankbares Lächeln zu, bevor ich die Bäckerei wieder überstürzt verließ und mit schnellen Schritten weiterlief.

Vermutlich würde ich ein nettes Gespräch mit meiner Chefin führen, doch für Kaffee nahm ich mir immer Zeit.

Da ich diesen Monat Spätschicht im Kindergarten hatte und erst um Viertel nach acht anfangen musste, herrschte auf den Straßen schon reges Treiben. An der Ampel, an der sich bereits eine lange Autoschlange gebildet hatte, bog ich in eine Seitenstraße ein. Dieser Weg war drei Minuten kürzer und bei mir kam es heute wirklich auf jede Sekunde an. Immer mal wieder joggte ich ein kleines Stück, aber ich wollte auch nicht vollkommen verschwitzt ankommen und verlangsamte mein Tempo daher wieder.

Allerdings war ich nicht die Einzige, denn fast jeder, der mir entgegenkam, schien es eilig zu haben. Ich sah auf mein Handgelenk, wo eigentlich meine Armbanduhr hätte sein sollen, um zu sehen, wie viel Zeit ich noch hatte, nach einer guten Erklärung für meine Verspätung zu suchen. Doch ich stellte genervt fest, dass ich sie mal wieder nicht an hatte.

Typisch.

Gestresst suchte ich mit der freien Hand in meiner Handtasche nach der ledernen Armbanduhr, dem einzigen Andenken, das ich von meiner Mutter noch hatte. Beim Suchen gönnte ich mir unbeholfen einen Schluck Kaffee und zuckte zusammen, als die heiße Flüssigkeit meine Zunge verbrannte.

Heute war wirklich nicht mein Tag.

Ohne nach Autos Ausschau zu halten, überquerte ich die schmale Seitenstraße, in der fast nie jemand fuhr.

Ich hörte den Motor aufheulen, bevor ich den silbernen Wagen sah, der um die Ecke gebogen kam und auf mich zuraste. Der Schock lähmte meine Muskeln und ließ mich mitten auf der Straße erstarren. Das Quietschen der Bremsen schmerzte in meinen Ohren und mein Herz raste mit dem fahrenden Auto um die Wette. Mein Verstand wusste, dass ich wegrennen sollte und er schrie mich an, mich zu retten, aber ich bewegte mich nicht. Kurz bevor es mich erreichte, verlangsamte sich die Zeit für einen Bruchteil einer Sekunde. Dann wurde ich mit voller Wucht von den Füßen gerissen und rollte wie ein eingedellter Ball über das Auto, bevor ich dumpf auf dem harten Boden aufprallte. Innerhalb von Sekunden verschwamm meine Sicht und verlor sich schließlich in umschließender Schwärze.

Ich versank in tiefer Dunkelheit und mein Bewusstsein irrte orientierungslos umher, bis ich eine Gestalt erkennen konnte, die von innen schwach zu leuchten schien. Es dauerte keine Sekunde, bis sich die Gestalt in einen Mann mit Gesicht verwandelte. Unverwandt sah er mich aus silbergrau leuchtenden Augen an und hob dann langsam seine große Hand.

»*Begleite mich ein Stück.*« Seine Stimme war mehr ein hallendes Echo, das irgendwie von wo anders kam.

Vor meinem geistigen Auge erschienen meine verstorbenen Eltern, die vor Jahren ebenfalls bei einem Autounfall ums Leben gekommen waren, während ich als kleines Kind überlebt hatte. Sie hatten ein großes Loch in meinem Herzen hinterlassen, das ich bis heute nicht füllen konnte. Doch während mich bei diesem Gedanken sonst eine Welle der Trauer überflutet hatte, spürte ich in diesem Moment nichts, als wäre ich durch eine unsichtbare Barriere von meinen Emotionen abgeschirmt. Ich sah meine Mutter lautlos lachen und meinen Vater lustige Grimassen schneiden, aber ich schaute einen lautlosen Film. Die bildliche Erinnerung an sie verzerrte wie eine Störung im Empfang, als ein Ruck durch meinen Körper ging und ich wieder in Dunkelheit versank. Dann sah ich meine beste Freundin Jill, die ich seit meiner Kindheit kannte und die für mich wie eine Schwester war. Mit großen Augen starrte die jüngere Version von Jill ihren geliebten Vater an, der uns vor dem zu Bett gehen immer eine Gruselgeschichte erzählt hatte. Ihre hübsche Mutter kam ins Zimmer und gab uns beiden einen kurzen Kuss auf die Stirn, bevor sie mit einem liebevollen Lächeln zur Tür ging und das Licht ausschaltete. Wieder erschütterte etwas die Szene und riss mich in die tiefe Dunkelheit.

Ich wusste, was ich empfunden hatte, als sich der Tod meine geliebten Eltern geholt hatte und das wollte ich meiner besten Freundin nicht antun. Jetzt war nicht der richtige Zeitpunkt, um diese Welt zu verlassen. Ich musste bei ihr bleiben, für sie da sein, wenn sie mich brauchte. Beherrscht von diesem einen Gedanken, wehrte ich mich gegen das unbekannte Ziehen an meiner Seele.

»Ich will noch nicht sterben!«

Es war nur ein Gedanken, aber es fühlte sich an, als würde ich ihn wie einen Befehl laut hinausschreien. Der unbekannte Mann ließ verwirrt seine Hand sinken und trat einen Schritt zurück, bevor er eins mit dem Schwarz wurde, das ihn umgab und auch seine leuchtenden Augen verblassten.

Mit einer Wucht, die mir die Luft aus den Lungen presste, prallte meine Seele zurück in meinen Körper. Die alles umschlingende Schwärze bekam verschwommene Farben und blendenden Sterne tanzten in meinem Sichtfeld. Mit weit aufgerissenen Augen machte ich einen keuchenden Atemzug, als hätte ich zu lange die Luft angehalten und musste nun den Sauerstoffmangel ausgleichen. Meine Lungen brannten, als würde ein Feuer in ihnen lodern und mein Herzschlag nahm wieder an Geschwindigkeit zu, bis er viel zu schnell in meinem Brustkorb hämmerte. Jeder Schlag sandte einen schmerzhaften Blitz durch meinen Körper, der mich zusammenkrümmen ließ. Über mir erkannte ich nur verschwommene Gesichter, die irgendetwas zur Seite legten und vorsichtig an meinem rechten Bein zogen. Ein lauter Schmerzensschrei entfuhr mir und ich biss mir so stark auf die Zähne, dass sie knirschten. Meine Lider fielen mir immer wieder zu, als wären sie zu erschöpft, weil ich Nächte lang nicht geschlafen hatte. Meine Umgebung drehte sich und ich musste angestrengt gegen die Übelkeit ankämpfen, die in mir hochstieg. Mir war so schwindelig im Kopf, als wäre ich gerade zu viele Runden Karussell gefahren, daher lehnte ich mich mit großer Mühe doch zur Seite und übergab mich auf den Boden in der Hoffnung, das würde meine Situation verbessern.

Sofort wurde mir der Mund abgewischt und immer wieder klopfte mir jemand sanft auf die Wange.

»Sehen Sie mich an. Augen auf lassen.«

Tatsächlich versuchte ich, den Mann über mir zu fokussieren, doch leider wurde mein Bild nicht sehr viel schärfer. Dafür spürte ich den Schmerz in meinen Oberschenkeln umso deutlicher, sodass mir immer wieder schwarz vor Augen wurde. Ich realisierte so langsam, dass ich noch am Leben war und das Geschehen um mich herum der Wirklichkeit entsprach.

Angst bahnte sich bereits ihren Weg durch meine Adern, doch das hektische Treiben der Menschen und der Schmerz, der überall zu sein schien, verhinderten den Ausbruch meiner Panikattacke. Mit einem lauten Martinshorn, welches ich nur wie durch Watte wahrnahm, fuhr der Krankenwagen los, bevor ich erneut das Bewusstsein verlor.

Als ich blinzelnd wach wurde, lag ich in einem weichen Krankenbett in einem Einzelzimmer, während der Arzt versuchte, mit mir zu reden. Blasse Erinnerungen, wie man mich im Krankenhaus verarztet hatte, huschten durch mein Gehirn, nur um gleich wieder zu verschwinden. Was danach noch passiert war, wusste ich nicht mehr, als habe man jegliche Bilder ausradiert. Meine Muskeln waren zu schwach, sich zu bewegen und die Benommenheit verlangsamte all meine Gedankengänge. Was war eigentlich mit mir passiert? Da war nur diese Schwärze, wenn ich versuchte, mich zu erinnern.

»Frau Lormanz, Sie hatten einen schweren Autounfall«, begann der ältere Arzt mit einer rauen Stimme und sah mich mit einem mitfühlenden Blick an. Unfähig zu verarbeiten, was er sagte, hörte ich einfach nur wortlos und emotionslos zu.

»Sie haben eine starke Kopfverletzung, zwei geprellte Rippen, ihr rechter Oberschenkelknochen ist gebrochen und ihr linkes Bein hat einige Prellungen davongetragen. Aber ich schätze, Sie hatten mehr als nur einen Schutzengel. Wir mussten eine Operation an ihrem Bein vornehmen, um es für die Heilung zu stabilisieren. Sie werden eine Weile hier bleiben müssen.« Der Arzt machte eine kurze Pause und warf mir einen prüfenden Blick zu.

»Können wir jemanden für Sie anrufen?«

Eine halbe Ewigkeit betrachtete ich den Mann im weißen Kittel und mit seiner großen Brille auf der Nase. Seine

Augen wirkten erschöpft und sein Gesicht war faltig von all den Jahren in diesem Beruf.

»Pfle...« Das Kratzen im Hals, das von der Trockenheit meines Mundes herrührte, zwang mich zu husten, bevor ich schwer schluckte und erneut zu einer Antwort ansetzte.

»Pflegefamilie.«

Der Arzt nickte knapp, verließ dann mein Zimmer und Stille breitete sich aus. Lediglich das Piepen der Geräte neben mir durchbrach diese und ließen keinen Zweifel daran, dass das alles gerade geschah. Mein Blick wanderte fast wie in Zeitlupe über die spärliche Einrichtung des Zimmers. Ein Tisch mit zwei Stühlen in einer Ecke war die einzige Sitzmöglichkeit für Besucher und der kleine Kleiderschrank neben der Tür war schon beinahe zu groß für das Zimmer. An meinem Bett stand ein winziger Tisch, auf dem einige Zeitschriften lagen und auf dem man meine Handtasche platziert hatte. Wenigstens war ein großes Fenster gegenüber der Tür, sodass das Zimmer vom Sonnenlicht durchflutet wurde und der Situation etwas Tröstliches gab.

Mein Blick war an dem Fenster hängen geblieben, durch das ich den blauen Himmel sehen konnte. Wie lange ich den kleinen Wolken dabei zugesehen hatte, wie sie vorbei zogen, wusste ich nicht, aber es hatte beruhigend auf mich gewirkt.

Ein zaghaftes Klopfen lenkte meine Aufmerksamkeit auf die graue Tür, doch ich fühlte mich zu schwach »Herein« zu rufen. Dennoch steckten meine Besucher den Kopf herein und meine Mundwinkel zuckten, als ich die kurzen roten Haare von Jill erkannte. Nachdem sie bemerkt hatte, dass ich wach war, riss sie förmlich die Tür auf, bis diese gegen die

Wand krachte und kam mit zwei großen, eiligen Schritten zu mir rüber.

»Mira, was machst du denn für Sachen?«, fragte Jill mit aufgeregter, hoher Stimme, während sie versuchte, mich zu umarmen und mich sofort wieder daran erinnerte, dass meine Rippen geprellt waren. Stechender Schmerz schoss durch meine Brust und ich konnte nur gequält etwas krächzen.

»Jill.«

»Oh tut mir leid, tut mir leid, tut mir leid«, brabbelte sie und schreckte sofort zurück, damit ich wieder atmen konnte. Mein schmerzverzerrtes Gesicht entspannte sich etwas, als meine Lungen sich wieder mit Sauerstoff füllten und der Druck auf meiner Brust nachließ.

»Wir sind froh, dass du noch lebst«, erklang schließlich die Stimme von Emma, meiner Pflegemutter und die Trauer darin war beinahe greifbar. Ihr Mann Tobias hielt die schlanke, zerbrechlich wirkende Frau im Arm, als würde sie sonst zu Boden fallen. Auch er sah mich prüfend an, wusste seine Besorgnis weitaus besser zu verstecken als Emma.

Der Tod war so nah gewesen, dass es die beiden fast lähmte und sie befürchteten, dass ihre Blase platzte, wenn sie sich zu viel damit beschäftigten.

»Mir geht's gut«, brachte ich stotternd hervor und zwang mich zu einem winzigen Lächeln, obwohl jeder im Raum wusste, dass ich Schmerzen hatte. Aber ich ertrug den Anblick in ihren Gesichtern nicht: Sorge und Angst.

Dennoch konnte man beinahe beobachten, wie meinen Pflegeeltern die Last von den Schultern fiel und sie sich etwas aufrichteten.

»Du wirst doch nicht sterben, oder?« Jills aufgeregte Stimme und die aufgerissenen Augen waren ein Beweis dafür, dass sie diese Frage absolut ernst meinte und tatsächlich Angst davor hatte. Außerdem sprach sie die Frage aus, die allen im Raum das Atmen schwer machte. Ihre zierliche Hand drückte sanft meinen Unterarm, während sie mich erwartungsvoll betrachtete. Langsam drehte ich meinen Kopf, der sich durch den Verband doppelt so schwer anfühlte, erst nach links, dann nach rechts. Die Bewegung schmerzte, aber ich musste ihr antworten und ich konnte mir ein amüsiertes Grinsen nicht verkneifen.

Trotz der Situation.

»Oh, Gott sei Dank. Ich wollte dir doch noch Christian vorstellen.«

Nun hatte Jill ein verliebtes Lächeln auf dem Gesicht und ich war froh, dass sie mit der Situation so positiv umging. Ich lebte schließlich noch und wollte daher auch nicht behandelt werden, als würde ich jeden Moment sterben.

Ihr Talent, das Thema so einfach zu wechseln und sich vom Ernst der Sache ablenken zu lassen, kam mir daher nur entgegen. Ich hob die Augenbrauen und schaffte es dieses Mal sogar, ein breiteres Lächeln mit Zähnen zu zeigen. Jill sah aus, als hätte ich sie gerade bei etwas auf frischer Tat ertappt und ihre Wangen röteten sich, bevor sie den Blick senkte und nervös am Zaum ihres Shirts fuchtelte.

»Dich kann man keine Sekunde alleine lassen.« Obwohl mir das Sprechen schwerfiel, konnte ich es mir nicht entgehen lassen, sie zu necken, und je mehr ich sprach, desto mehr schien sich mein trockener Hals daran zu gewöhnen. Ein zuckersüßes Lächeln legte sich auf ihre Lippen, während ihre Augen mich anstrahlten.

»Mach so etwas nie wieder!«, hielt sie mir vor und machte dabei einen gespielt beleidigten Gesichtsausdruck, doch die Aussage meinte sie dennoch vollkommen ernst. Sie konnte die Themen so schnell wechseln, dass man manchmal nicht hinterherkam, aber ich hatte mich über die Jahre daran gewöhnt.

»Versprochen«, gab ich zurück, um sie zu besänftigen, und meinte es auch tatsächlich so. Ich würde nie mehr die Straße überqueren, ohne nach Autos Ausschau zu halten.

»Ich komm morgen nach der Uni und bring dir ein paar Sachen vorbei«, bot Jill an und ich fragte sie, ob sie dann auch direkt Bo füttern könnte.

»Der dicke Kater sollte lieber mal eine Diät machen, aber da ist er wohl genau wie du. Wenn du wieder aus dem Krankenhaus kommst, werde ich dir mal zeigen, wie man sich gesund ernährt.«

Jetzt konnte ich mir ein Lachen nicht mehr verkneifen und bereute es gleich darauf bitter, als ich mir die Seele aus dem Leid hustete. Mit der Hand rieb ich mir über die Rippen, als könnte das den Schmerz lindern und wischte mit der anderen die Tränen weg, die sich in meinen Augenwinkeln gebildet hatten.

»Hey, da gibt es nichts zu lachen. Du kannst nicht den ganzen Tag nur Fast Food in dich reinstopfen und Kaffee trinken.« Ich konnte Jills Predigt leider nicht ernst nehmen, denn obwohl ich nicht so zierlich und dürr war wie sie, hatte ich dennoch eine schlanke Figur.

Und ich liebte Fast Food.

»Auf Kaffee würde ich nicht einmal verzichten, wenn er mich umbringen würde«, antwortete ich ihr schon etwas flüssiger, da mein Mund vom Lachen nicht mehr so trocken war. Jill sah mich ungläubig an und schüttelte dann verständnislos den Kopf.

Auch ihre Eltern hatten inzwischen ein Lächeln auf den Lippen und die Liebe uns gegenüber war in ihren Augen deutlich zu sehen. Schnell blinzelte ich die Tränen weg, die meine Gefühle verraten würden. Ich wollte den Schein wahren, dass alles in Ordnung war.

Ihretwegen.

Die drei Personen im Raum waren meine Familie und ich wusste, wie sehr mich jeder Einzelne von ihnen liebte, aber sie erinnerten mich gleichzeitig immer wieder daran, was ich verloren hatte. Die richtigen Eltern konnte eben niemand ersetzen. Ein Kloß bildete sich in meinem Hals und ich hoffte, dass man mir die Trauer nicht ansah. Das hatten sie nicht verdient, denn auch sie hatten gute Freunde verloren.

»Komm Schatz, wir gönnen Mira noch etwas Ruhe«, sagte Tobias schließlich und drückte mir zum Abschluss die Hand, während Emma mir einen Kuss auf die Stirn gab. Jill stand nur widerwillig auf und wollte sich mit einer Umarmung verabschieden, stockte dann aber in der Bewegung und gab mir stattdessen einen Kuss auf die Wange.

Als die Tür zurück ins Schloss gefallen war und ich zum Fenster sah, setzte mein Herz aus.

Kapitel 2

„Nur weil wir etwas nicht sehen können,
heißt es nicht, dass es nicht dennoch existiert."

In der Ecke meines Einzelzimmers stand ein Mann und betrachtete mich mit einem emotionslosen Ausdruck im Gesicht, der mir einen kalten Schauer über den Rücken jagte.

Wie zur Hölle war er in mein Zimmer gekommen?

Das war unmöglich. Ich hätte ihn doch bemerkt. Sein langer, schwarzer Mantel, der ihm bis zu den Füßen reichte, hing eng an ihm herab und untermalte seine steife Haltung. Die schulterlangen, dunkelbraunen Haare wirkten im Vergleich zu den blasssilbergrau leuchtenden Augen fast zu normal und störten das dunkle Gesamtbild.

Erst als der Mann mir seine Hand hinhielt, realisierte mein Gehirn, wo ich ihn schon einmal gesehen hatte. Vor meinem inneren Auge schossen Bilder des Autounfalls vorbei, während die Puzzleteile meiner fehlenden Erinnerung wieder zusammengesetzt wurden. Als ich schließlich bei dem Bild angelangt war, bei dem ich in den blauen Himmel sah und mich dann die Dunkelheit verschluckte, verlangsamte sich alles in Zeitlupe. Erneut sah ich meine Eltern, meine Pflegeeltern Emma und Tobias und Jill. Ich sah auch den Mann wieder, wie er die gleiche Haltung eingenommen hatte, wie er es jetzt in meinem Zimmer tat.

Sofort wurde ich wieder in das Hier und Jetzt katapultiert und musste schwer schlucken, weil ich Angst hatte. Ungeheure Angst vor dem Mann.

Abgesehen davon noch jemanden zu verlieren, der mir am Herzen lag, gab es nichts, vor dem ich mich fürchtete. Bis jetzt jedenfalls. Mein Puls raste und ich hörte mein Blut in den Ohren rauschen. Eine feine verräterische Gänsehaut überzog meine Arme und kribbelte in meinem Nacken, als ich von der großen, ausgestreckten Hand wieder in diese Augen sah, in denen man das schwache Leuchten nur erkennen konnte, wenn man genau hinsah. Je mehr Sekunden vergingen, desto mehr wuchs meine Angst zu einem großen Ungeheuer, das meinen Körper lähmte. Ich wollte nach Hilfe rufen, nahm es mir immer wieder vor, aber jedes Mal, wenn ich den Mund öffnete, blieben mir die Worte im Hals stecken. Mein Herz pochte aufgeregt in meiner Brust und wirkte dabei, als hätte es einen eigenen Willen und wolle fliehen.

In normalen Situationen glaubte ich nicht an Übernatürliches. Aber das hier war kein gewöhnlicher Moment und dieses Etwas in der Ecke war auch sicher kein Mensch. Menschen hatten Emotionen, eine ganze Menge sogar und ihre Augen leuchteten auch nicht wie die der Aliens in einem schlechten Horrorfilm. Diese Gestalt hatte alles, was einen Albtraum zu dem schlimmsten deines Lebens machte.

Die Atmosphäre war so eisig, dass sich kleine Wölkchen vor meinem Gesicht bildeten. Ich wollte rennen, schreien oder zumindest wegsehen, aber ich war wie gebannt. Dann bewegte sich der Mund des Mannes, aber ich hörte seine Worte nicht. Viel zu laut war das Rauschen meines Blutes in meinen Ohren. Meine Lungen brannten, weil ich vergessen hatte zu atmen und meine Augen schmerzten, weil ich nicht wagte zu blinzeln. Mit einer sehr langsamen Bewegung führte ich meine Hand zu meinem Arm, um mich zu kneifen, in der Hoffnung daraufhin eventuell aus einem Traum aufzuwachen. Aber nichts geschah. Vielleicht träumte ich zu tief. Ich kniff die Augen so fest zusammen, dass es beinahe schmerzte, und flüsterte mir dann panisch beruhigende Worte zu.

»Das ist nur ein Traum. Entspann dich. Das ist nur ein Traum.«

Als ein kräftiges Klopfen erklang, starrte ich erst zur Tür und dann zum Fenster. Der Mann war weg. Durch die nun offene Tür kam eine Pflegerin mit einem Tablett und warf mir einen besorgten Blick zu.

»Haben Sie gerade mit jemandem geredet?«, fragte sie und sah mich dabei neugierig an. Ich spürte, wie mir die Hitze in die Wangen stieg und mein Kopf auf der Suche nach einer Erklärung schmerzte. Was passierte hier?

»Ich führe manchmal Selbstgespräche, wenn ich alleine bin.« Peinlich berührt sah ich auf meine Finger, die über den feinen Stoff der Decke strichen, als wäre das eine wichtige Aufgabe. Das war nicht gerade meine beste Ausrede gewesen, aber eine bessere war mir nicht eingefallen.

Während die etwas ältere Pflegerin das Tablett mit dem Abendessen auf dem kleinen Tisch neben meinem Bett abstellte, wurde ihr Blick mitleidig und sie tätschelte mir großmütterlich die Hand. Ein Gefühl der Trauer überkam mich, denn ich hatte mir immer gewünscht, eine Großmutter zu haben, die mir die Hand tätschelte. Leider waren meine beiden Großeltern genauso wie meine Eltern bereits tot. Im Grunde war ich ganz alleine auf der Welt.

Nachdem die Pflegerin wieder gegangen war, schoben sich die Gedanken an den Mann schlagartig wieder in den Vordergrund, als wären sie nie weg gewesen und mein Blick wanderte zu der Stelle, an der er gestanden hatte. Sofort fuhr mein Magen wieder Achterbahn und mein Puls beschleunigte sich.

Eine Ewigkeit lang wandte ich den Blick nicht mehr von dieser Stelle ab und achtete auf jedes Geräusch, das meinen Puls wieder in die Höhe jagte. Vielleicht war es ja doch nur eine Halluzination von meinem verletzten Kopf oder den Medikamentencocktail, den ich sicherlich intus hatte.

Eine Weile später fiel ich vor Erschöpfung in einen unruhigen Schlaf. Das Abendessen blieb unberührt.

Am nächsten Morgen war ich schon wach, bevor die Frühlingssonne den Tag erhellte, und bereute sofort, am Abend zuvor nichts gegessen zu haben. Mein Magen bestrafte mich mit laut knurrend mit einem unangenehmen Ziehen und ich legte mir beruhigend die Hand auf den Bauch. Ich hoffte inständig, dass es zum Frühstück wenigstens einen guten Kaffee gab, denn ohne würde ich den ganzen Tag in den Seilen hängen wie ein Faultier. Und ein oder zwei Brötchen mit Käse oder Putenschinken wären auch ganz nett.

Ein Seufzer entfuhr mir, als ich sah, dass ich noch fast eine Stunde auf das ersehnte Essen warten musste. Vorsichtig schielte ich zum Fenster, um sicherzugehen, dass nicht wieder der seltsame Mann in der Ecke stand und mich anstarrte. Zu meiner Erleichterung war ich alleine und nachdem auch auf meinem Tisch neben mir kein Tablett stand, wie ich es in Erinnerung hatte, hakte ich das Thema dann doch als schlechten Traum ab. Vielleicht hatte ich alles nur geträumt und den gestrigen Tag und die Nacht verschlafen. Es war schließlich möglich, dass ich schon länger hier lag, als ich glaubte.

Die Stille fühlte sich fremd an und erdrückte mich, wo ich doch sonst den ganzen Tag von lauten Kindern umgeben war. Nur das aufdringliche Ticken der Uhr an der Wand war zu hören und ich verfluchte innerlich die Zeit dafür, dass sie so langsam verging. Es fühlte sich an, als hätte jemand Minuten in Stunden verwandelt, denn jedes Mal, wenn ich auf die schwarzen Zeiger sah, hatten sie sich kaum bewegt. Nach einer Ewigkeit klopfte es endlich an der Zimmertür und die Pflegerin aus meinem Traum kam mit einem strahlenden Lächeln herein, das sie gleich viel jünger wirken ließ.

»Guten Morgen«, begrüßte sie mich und stellte das gefüllte Tablett vorsichtig ab. Mir drang der geliebte Geruch von Kaffee in die Nase und verdrängte die Angst vor dem vergangenen Traum, als wäre die schwarze Brühe ein Zaubertrick. Wie automatisch griffen meine Hände als Erstes nach der weißen Tasse. Es war mehr eine Art Reflex statt bewusstes Handeln. Sofort entspannten sich meine steifen Muskeln, als die warme Flüssigkeit sich ihren Weg meine Speiseröhre hinunter bahnte. Einen Moment schloss ich meine vor Erschöpfung brennenden Augen und ein zufriedenes Lächeln schlich sich auf meine Lippen.

»Bei so einem schönen Frühlingstag muss man auf jeden Fall die Fenster öffnen. Die frische Luft beruhigt die Seele«, philosophierte die zierliche Pflegerin und tatsächlich heiterte ihre gute Laune meine Stimmung ein wenig auf. Innerhalb weniger Minuten erfüllte der Geruch von frisch gemähtem Rasen und Blumen den Raum und kleine Vögel zwitscherten ein fröhliches Lied.

Ich hatte gedacht, es würde ein guter Tag werden, doch als ich die Augen öffnete und die Pflegerin schnurstracks durch den Mann mit seinem Umhang lief, änderte sich dieser Gedanke schlagartig. Ich verschluckte mich am Kaffee und wurde von einem heftigen Husten geschüttelt. Tränen bildeten sich in meinen Augenwinkeln, die ich schnell weg blinzelte, als ich wieder Luft bekam.

Der Mann ist eine Einbildung, eine Fantasie meines Gehirns. Das ist alles nicht echt.

Je öfter ich es mir nur einredete, desto eher würde ich meinen eigenen Worten Glauben schenken. Ich starrte in seine silbergrau leuchtenden Augen, als würde er so wieder verschwinden oder als würde sich zumindest irgendetwas dadurch ändern.

»Langsam, es ist noch genügend Kaffee da.« Die Pflegerin nahm mir die Tasse aus der Hand, stellte sie auf den Tisch neben meinem Bett und reichte mir dann ein   Taschentuch. Ich wollte mich bedanken, sie fragen, ob ich mir beim Unfall auch das Gehirn verletzt hatte, aber es wollte kein Laut aus meinem Mund kommen. Daher nickte ich nur knapp, ohne den Blick von der Einbildung neben meinem Fenster abzuwenden. Ich konnte kaum atmen, aber dennoch hielt mich etwas davon ab, die Pflegerin von meiner Halluzination zu erzählen. Vielleicht hatte ich Angst, dass ich in eine Irrenanstalt kam.

Ich wusste es nicht.

Die Pflegerin verließ mein Zimmer etwas irritiert und ich wollte sie anflehen zu bleiben, aber die Tür war schon ins Schloss gefallen, bevor ich Luft holen konnte. Obwohl ich mir sicher war, dass der Mann in der Ecke nur eine Einbildung sein konnte, so blieb doch ein mulmiges Gefühl. Unbehagen breitete sich in mir aus und fühlte sich an wie eine klebrige, zähe Masse, die man nicht los wurde.

»Mir ist noch nie eine Seele entkommen«, sagte der Mann und klang dabei gleichzeitig ganz nah und weit entfernt.

Ein piepsiger Schrei entfuhr mir, bevor ich mir die Hand auf den Mund schlagen konnte. Die Angst kam wie eine Welle zurück und überflutete jeden Winkel meines Körpers. Kribbelnde Gänsehaut überzog meine Haut, sodass der Stoff darauf beinahe schmerzte. Mein Puls beschleunigte sich, während mein Herz wild gegen meine Brust pochte. Hitze brannte in meinen Wangen und trieb mir winzige Schweißperlen auf die Stirn.

Der Mann öffnete erneut den Mund, doch ich schlug mir reflexartig die Hände auf die Ohren und schloss die Augen, so fest ich konnte.

»Geh weg!«, forderte ich verzweifelt und hörte so nur meine eigene Stimme. Ich kniff die Augen zusammen und wiederholte meine Worte. »Geh weg.«

Jemand packte mich an den Armen und rüttelte mich heftig, während ich mich wie wild wehrte und wie am Spieß schrie.

»Hilfe! «

»Frau Lormanz, Frau Lormanz beruhigen Sie sich.« Es war die Stimme eines anderen Mannes und dazwischen die der Pflegerin von eben, die mich an eine Philosophin erinnerte. Meine Bewegungen stockten erst, erschlafften dann und ich öffnete misstrauisch die Augen, um in blaue Augen zu sehen, die von kleinen Fältchen umgeben waren. Sofort ließ der feste Griff des Pflegers nach, obwohl er mich immer noch kritisch ansah.

»Ich…hatte einen Albtraum oder eine Erinnerung an den Unfall«, erklärte ich die Situation, da mir das am glaubwürdigsten erschien und sah dann auf meine Hände, weil ich es hasste, zu lügen, um nicht zugeben zu müssen, dass ich verrückte Dinge sah. So sehr ich es aber auch versuchte, ich konnte die Wahrheit nicht aussprechen.

»Es dauert eine Weile, bis der Körper den Schock des Unfalls verdaut hat.« Die Stimme der Pflegerin klang mitfühlend und sie drückte mir sanft den Arm, während sie nickte. Sie machte den Eindruck, als hätte sie selbst schon mal einen Unfall erlebt. Der Pfleger an meiner anderen Seite hingegen sah aus, als wäre das alles völlig normal für ihn, weil er tagtäglich solche Menschen traf. Als ich sicher war, dass ich mich wieder unter Kontrolle hatte, bedankte ich mich mit einem schwachen Lächeln, sodass sie mich wieder alleine ließen.

Und dieses Mal war ich wirklich allein.

Ich atmete erleichtert auf und schnappte mir eine der Zeitschriften, die auf dem Tisch neben mir lag. Eigentlich mochte ich keine Zeitschriften, weil ohnehin immer nur das Gleiche darin stand, aber irgendeine Beschäftigung brauchte ich schließlich. Jill würde frühestens um 15 Uhr hier sein, also musste ich noch mindestens sechs Stunden totschlagen. Ein lauter Seufzer entfuhr mir und ich führte meckernde Selbstgespräche, um meinen Frust Luft zu machen.

Es war doch nur eine Halluzination!

Nachdem ich die dünne Zeitschrift durchgeblättert hatte, ohne mir die Texte durchzulesen, legte ich sie wieder weg.

Wenigstens hatte man mir meine Handtasche hergebracht, sodass ich Jill eine SMS schreiben konnte.

»Hey, kannst du mir bitte meinen Zeichenblock und Bleistifte mitbringen, wenn du herkommst? Danke : «*

Ich konnte mich nicht viel bewegen, also war zeichnen eine gute Option, um mir den Aufenthalt im Krankenhaus angenehmer zu gestalten. Wer wusste schon, wie lange ich dieser schrecklich langweiligen Situation ausgesetzt war und ich hasste es, den ganzen Tag lang nichts zu tun, als die Zeit verstreichen zu lassen. Schließlich hatte ich jetzt mehr als einmal am eigenen Leib erfahren, wie schnell das Leben vorbei sein konnte und wie wertvoll jede Sekunde war. Ein hauchdünner nasser Film bildete sich in meinen Augen und sammelte sich zu einer winzigen Träne. Wenn ich alleine war, konnte ich die Trauer an meine Eltern meistens nicht unterdrücken. Ich konnte nie verhindern, dass mich ein paar einzelne Tränen verrieten, die ich stets schnell wegwischte. Dann sah ich aus dem Fenster in den blauen Himmel und hoffte, dass sie an einem besseren Ort waren.

Verdammt, ich vermisste sie.

Ich vermisste sie so sehr, dass ich mir selbstsüchtig wünschte, sie würden diesen wundervollen Ort für mich aufgeben und zu mir zurückkehren. Nun ließ ich zu, dass die kleinen Tropfen sich ihren Weg über meine Wangen bis in meinen Mund bahnten und sich ihr salziger Geschmack auf meiner Zunge verteilte.

Irgendwann waren meine Tränen versiegt und meine Augen fühlten sich geschwollen an. Wie lange ich geweint hatte, wusste ich nicht, aber es hatte gut getan und ich fühlte mich jetzt für eine gewisse Zeit wieder von einer schweren Last befreit.

So war es jedes Mal. Seit Jahren.

Kurze Zeit später platzte Jill früher als erwartet mit einem breiten Grinsen in mein Zimmer.

»Unser heißer Kunst Prof ist mal wieder krank«, teilte sie mir mit und wackelte aufgeregt mit den Augenbrauen, bevor wir beide anfingen zu lachen, während sie sich neben mir auf einem der unbequem aussehenden Krankenhaus-stühle niederließ. Zugegeben ihr Professor war wirklich heiß, aber er war auch andauernd krank. Ein Glück, dass die Medikamente die meisten Schmerzen in meinem Körper so sehr betäubten, dass ich überhaupt über solche Aussagen lachen konnte. Anderenfalls wären die Besuche von meiner besten Freundin wohl eher eine Qual als ein Segen.

»Wie überraschend«, brachte ich kichernd hervor.

Jill räumte währenddessen meine Klamotten in den kleinen Schrank und warf mir meinen geliebten Zeichen-block und eine Federmappe mit Bleistiften auf den Schoß.

»Du bist ein Schatz. Hast du Bo gefüttert?«, fragte ich sie und vermisste sogleich das laute Schnurren des pummeli-gen roten Katers, jedes Mal wenn er neben mir auf dem Sofa saß. Offensichtlich war das nicht gerade Jills Lieblings-thema, denn sie hörte augenblicklich auf, meinen Schrank mit Kleidung zu füllen, und wirbelte zu mir herum.

»Dieser fiese, übergewichtige Kater! Als ich deine Haustür aufgemacht habe, ist er durch meine Beine in den Hausflur gerannt. Ich hab ihn bestimmt eine halbe Stunde lang gejagt, bis ich ihn hatte und dann hat er mir auch noch meine ganzen Arme zerkratzt.«

Vorwurfsvoll hielt sie mir ihre von roten Striemen übersäten Unterarme hin und ihr Gesicht war vor Wut so rot angelaufen, dass sie aussah, wie eine Tomate, die gleich platzte.

»Dann wollte ich das fette Ding füttern, da hat er mir die Dose aus der Hand gerissen und daraus gefressen.«

Wütend stopfte sie meine restlichen Klamotten nun mit deutlich weniger Liebe in den Schrank und knallte die Schranktür zu, als sie fertig war. Jeder andere hätte Jills Wut in dieser Situation ernst genommen, aber ich kannte sie schon so lange und wusste, dass sie diese gleich wieder vergessen haben und aufgeregt von einem anderen Thema erzählen würde. Erst versuchte ich, meinen Lachanfall durch ein Husten zu tarnen, aber meine Augen verrieten mich offensichtlich.

»Das ist nicht lustig!«, untermalte sie ihre Erzählung, aber jetzt verlor ich meine Selbstbeherrschung gänzlich und brach in schallendem Lachen aus, bis sich Tränen in meinen Augen bildeten und die Schmerzen sich doch bemerkbar machten. Sie versuchte, krampfhaft ihren wütenden Gesichtsausdruck zu wahren, doch nur Sekunden später stimmte sie kichernd mit ein.

Eine Weile sprachen wir über ihren Tag und was in der Uni los war, bevor ich endlich aussprach, was mir die ganze Zeit auf dem Herzen lag. An meiner Theorie, dass es sich bei dem Mann um eine Einbildung handelte, zweifelte ich allmählich, denn Einbildungen waren doch nicht immer exakt dieselben. Jedenfalls nicht, wenn man nicht gerade irgendeinen Knacks im Kopf hatte. Oder?

»Jill? Ich glaube, mit mir stimmt was nicht. Ich sehe immer diesen Mann in meinem Zimmer, den niemand sonst sieht. Glaubst du...«, ich stockte kurz, weil es mir ein wenig peinlich war, die nächste Frage zu stellen, überwand mich aber dann doch.

»Glaubst du, ich werde verrückt? Also im Kopf?« Ich wusste, dass Jill so etwas aus meinem Mund ernst nehmen würde und das nicht als Scherz auffassen würde. Deswegen war sie auch die einzige Person, mit der ich über dieses Thema reden konnte, sie glaubte an so ziemlich alles, an das man glauben konnte. Von Hexen, über Kobolde am Regenbogen bis hin zu Geistern oder Einhörnern. Daher glaubte ich ihr, als sie langsam den Kopf schüttelte und ihre roten Haare um ihr Gesicht schwangen. Sie betrachtete mich ein wenig skeptisch und sah sich dann im Raum um, um sich zu vergewissern, dass sie ebenfalls niemanden sah.

»Ist er gerade hier?«

Ich schüttelte den Kopf, nachdem ich sicherheitshalber nochmal zum Fenster gesehen hatte.

»Das schlimmste ist, dass er mir bekannt vorkam«, fügte ich besorgt hinzu, denn in diesem Moment wurde mir klar, dass ich dieses Gefühl schon die ganze Zeit hatte. Jills Augen wurden riesig und ich dachte zunächst, ich hätte sie nun genauso verunsichert wie ich es war, daher hatte ich ihre Antwort so gar nicht erwartet.

»Dann ist er bestimmt dein Schutzengel!« Auf ihren schmalen Lippen formte sich ein staunendes Lächeln, als hätte sie die Lösung für ein wohlbehütetes Geheimnis gefunden und dann war sie wieder typisch Jill.

»Sieht er wenigstens gut aus?«

Kapitel 3

„Für jeden kommt einmal die Zeit zu gehen.
Für die einen früher, für die anderen später."

Unter all den Menschen, die der Seelenfänger lediglich als
weiße, graue oder schwarze Nebelwolken sah, wandelte er
selbst währenddessen unsichtbar und zeitlos umher. Bisher
hatte es keine einzige Seele gegeben, die ihn jemals hatte
sehen können und nicht mit ihm gegangen war. Jedenfalls
keine, die hätte sterben sollen - bis er Mira fand. Dies war für
ihn eine völlig neue Erfahrung und brachte sein sonst so
perfektes Gleichgewicht ein wenig aus den Fugen.

Während Mira immer noch im Krankenhaus lag, bewegte
der Seelenfänger sich über die überfüllten Straßen, durch die
kleinen Wohnungen und die schmalen Gassen der Stadt.
Stets angetrieben von seiner einzigen Aufgabe: Dem
Einfangen der Seelen, für die die Zeit auf der Erde vorbei
war. Er konnte die schwarzen Nebelwolken zwar nicht
immer sofort sehen, doch seine dunkle Essenz verzehrte sich
nach ihnen und wies ihm den richtigen Weg.

Heute gab es viele schwarze Nebelwolken, die er einsam-
meln musste, weil er einen Teil seiner Zeit bei Mira im
Krankenhaus verbrachte, um sie zu beobachten. Im
Normalfall vernachlässigte er seine einzige Aufgabe niemals
und suchte ununterbrochen nach den einzusammelnden
Seelen. Doch Mira war kein Normalfall, sie war anders.
Möglicherweise hatte er das gefunden, wonach er seit einer
Weile gesucht hatte und er musste herausfinden, ob es so
war.

Dennoch konnte er seine Aufgabe nicht gänzlich ignorieren und so wandelte er über diese Erde. Zeit war für ihn bedeutungslos, ob Tag oder Nacht war unwichtig, denn er schlief nie, ruhte nie. Er musste das Gleichgewicht zwischen Leben und Tod auf dieser Erde wahren, das war der einzige Grund seiner Existenz.

Auch die grauen Nebel um ihn herum würden bald schwarz werden, ihre menschliche Hülle verlassen und von ihm eingesammelt werden. Manchmal wartete er eine Weile, bis die Seelen ihren Körper verließen und mit ihm gingen, manchmal jedoch warteten sie bereits auf *ihn*. So verbrachte der Seelenfänger bereits mehr als 160 Jahre.

In einer kleinen Wohnung im Erdgeschoss des modernen Hauses war eine der schwarzen Nebelwolken, deren Zeit gekommen war, zu gehen, und der Seelenfänger konnte spüren, dass diese alte Dame auch bereit dazu war. Sie saß in ihrem altmodischen Sessel, dem kleinen, bereits in Blüte stehenden Garten zugewandt. Auf ihrem Schoß lag eine ebenso alte Katze eingerollt und ließ sich mit Streicheleinheiten verwöhnen. Das weiße Tier sah allerdings mit aufmerksamen Blick auf, als es die Anwesenheit des Seelenfängers spürte und das entspannte Schnurren verwandelte sich in ein warnendes Knurren.

»Ach Blanka, ganz ruhig. Es wird Zeit zu gehen«, erklärte sie ihrer Katze mit rauer Stimme, um sie zu beruhigen, und blickte dann zum Seelenfänger auf, denn auf der Schwelle des Todes verschwand die Nebelwolke und offenbarte die menschliche Hülle. Auch die Menschen waren dann für einen kurzen Augenblick unmittelbar vor ihrem Tod in der Lage den Seelenfänger zu sehen.

»Gehen wir ein Stück«, antwortete der Seelenfänger und hielt ihr seine große Hand hin.

In dem Moment, als die Frau ihre faltige, zitternde und zierliche Hand in die des Seelenfängers legte, durchzuckte beide eine Explosion. Gemeinsam mit der alten Dame durchlebte der Seelenfänger innerhalb weniger Sekunden ihr Leben noch einmal.

Sie hatte ein glückliches Leben gehabt, mit der Liebe ihres Lebens an ihrer Seite. Zwei Kinder hatten ihr vier Enkelkinder geschenkt, die sie noch mehr liebte als sich selbst. Der Seelenfänger spürte die glücklichen, teils euphorischen Gefühle in ihr, als sie ihr Leben noch einmal von außen betrachtete. Sie hatte ein zufriedenes Leben gehabt. Jetzt wusste sie, dass ihre Zeit gekommen war, und wehrte sich nicht dagegen. Nicht viele Seelen waren bereit zu gehen, wenn es so weit war. Als sie am Ende ihres Lebens angelangt war, lächelte die alte Dame und es war ein erfülltes Lächeln, das ihre Fältchen im Gesicht noch vertiefte. Ihre Augen waren so alt und doch so voller Leben, wie sie den Seelenfänger nun anstarrten. Ihre Seele verließ die menschliche Hülle bereitwillig und fuhr in den Seelenfänger hinein. Das Ziehen seiner dunklen Essenz ließ für einen kurzen Augenblick nach, als die neue Energie von ihr verzehrt wurde. Die weiße Katze begann zu miauen, als sie feststellte, dass ihre Besitzerin diese Welt verlassen hatte, doch der Seelenfänger konnte nichts für das Tier tun und verließ daher die Wohnung.

Denn sobald er wieder draußen auf den lauten Straßen war, wuchs das Ziehen seiner dunklen Essenz wieder zu einem großen Monster, das ihm befahl, nach neuer Energie zu suchen. Im Grunde wurde der Seelenfänger von den

Seelen angezogen wie ein starker Magnet, gegen den er sich nicht wehren konnte. Es war ihm zwar möglich, das Ziehen eine Weile zu unterdrücken, aber ignorieren konnte er es nie. So musste er den Hunger seiner dunklen Essenz auch jedes Mal unterdrücken, wenn er Mira im Krankenhaus besuchte, obwohl auch das nur für eine gewisse Zeit möglich war.

Wenigstens konnte er sie und ihre Gefühle spüren, weil sie von der Schwelle des Todes zurückgekehrt war und ein Teil von ihr somit der dunklen Essenz gehörte. Eine ewige Verbindung.

Er beschloss, zu ihr ins Krankenhaus zu gehen, obwohl er nicht wusste, wie er mit ihr umgehen sollte. Die vielen Tage ohne lebende Gesellschaft hatten seine Fähigkeiten in der Kommunikation verkümmern lassen. Doch er hatte keine andere Wahl, er musste sie überzeugen.

Sie war die Richtige.

Sie musste es sein.

Ich starrte Jill fassungslos an und konnte nicht glauben, dass sie sich ausschließlich dafür interessierte, wie der Mann aussah. Keinerlei Sorge darüber, dass ich mir Dinge einbildete, war in ihrem Gesicht zu erkennen oder dass wir es mit etwas Übernatürlichem zu tun hatten. Sie meinte die Frage ganz offensichtlich todernst.

»Ähm, ich.. ich weiß nicht«, gab ich unsicher zurück. So genau hatte ich ihn mir tatsächlich noch nicht angesehen, weil Angst mich in den Momenten beherrschte, in denen er da war. Ich versuchte, mir seine Gestalt in Erinnerung zu rufen, und sah ihn dann plötzlich wirklich in der Ecke meines Zimmers stehen. Erst dachte ich, es wäre meine

Erinnerung, aber dann merkte ich, dass er tatsächlich anwesend war.

Plötzlich schüttelte sich Jill neben mir und rieb sich beinahe schon wild über die Arme.

»Eben war es hier aber noch nicht so kalt«, hörte ich ihre Beschwerde, konnte mich aber nicht mehr darauf konzentrieren.

»Jill, er ist hier«, flüsterte ich ihr zu, ohne den Blick abzuwenden, und hoffte dabei, dass er mich nicht hören würde, wenn ich leise genug redete. Doch er wandte sein Gesicht vom Fenster ab und seine schwach glimmenden Augen schienen sich direkt in meine Seele zu bohren. Ich schluckte schwer. Kalter Schweiß sammelte sich in meinen Handflächen und er wirkte so real, dass es schwer war, ihn als eine Einbildung oder etwas Übernatürliches zu betrachten.

»Wo denn? Ich sehe ihn nicht. Wie sieht er aus?«, fragte Jill aufgeregt und mit einer deutlich lauteren Stimme als ich zuvor. Mein Blick huschte zu meiner besten Freundin, deren Wangen sich vor Aufregung rötlich färbten und ich war in diesem Moment unendlich dankbar für ihre Anwesenheit. Sie konnte meine männliche Gesellschaft zwar nicht sehen, aber dass sie da war, schwächte meine Angst etwas ab.

»Mira, sag schon. Nicht jeder hat einen Schutzengel«, beschwerte sich Jill und sah sich im Raum um, ohne etwas Merkwürdiges zu sehen. Hatte sie vielleicht Recht? War er mein Schutzengel, der mich vor dem Tod gerettet hatte?

Im Grunde glaubte ich nicht an Engel oder irgendetwas dergleichen, aber ich hatte mir einen Schutzengel zumindest mit weißer Kleidung und einem hellen Leuchten vorgestellt. Falls der Mann mein Schutzengel war, so bestätigte er keineswegs das Klischee. Unter seinem schwarzen, langen Mantel trug er eine schwarze Hose und einen engen, schwarzen Pullover. Nichts von all dem hellen und freundlichen Erscheinungsbild, das ich erwartet hatte. Dunkelheit umgab ihn und wirkte wie ein Teil von ihm. Nein, genau genommen schien er die Dunkelheit selbst zu sein. Auch sein Gesicht passte perfekt zu seinem restlichen Äußeren, denn der kantige Kiefer des sonnengebräunten Gesichts wirkte hart und unfreundlich. Nur seine fast schulterlangen, braunen Haare waren mit goldenen Strähnen durchzogen und störten beinahe das dunkle Erscheinungsbild.

Aber das Bemerkenswerteste an ihm war natürlich seine silbergrau leuchtende Iris, die die schwarze Pupille umrahmte und die mich jedes Mal hypnotisierte. Obwohl das Grau keine warme Farbe war, machten ihn diese Augen ... Ja, sie machten ihn irgendwie zu einem schönen Mann.

»Er sieht...gut aus«, brachte ich schließlich kläglich hervor, nachdem Jills Drängen eher einem quengelnden Kind ähnelte, und runzelte die Stirn darüber, wie attraktiv ich ihn tatsächlich fand.

»Hat er flauschige Flügel und so ein leuchtendes goldenes Ding über dem Kopf?«

Jill war ganz aus dem Häuschen und machte den Eindruck, als habe sie soeben ein Wunder erlebt.

»Äh nein, keine Flügel und das goldene Ding ist ein Heiligenschein, aber nein, auch kein Heiligenschein."

Immer noch wanderte ihr Blick durch mein Zimmer in der Hoffnung, so würde er irgendwann für sie sichtbar werden. Ein enttäuschter Ausdruck trat auf ihr Gesicht und sie betrachtete ihre perfekt grün lackierten Nägel.

»Immer hast du so ein Glück. Mir passiert nie so etwas«, warf sie mir plötzlich frustriert vor und ich musterte sie von der Seite. Seit unserer Kindheit hatte sie sich gewünscht, mal auf eine Hexe oder einen Vampir zu treffen, weil sie an deren Existenz glaubte wie kein anderer, aber nun lag ich hier und genoss anscheinend die Gesellschaft meines ungewöhnlichen Schutzengels.

»Glaubst du etwa, ich hätte den Unfall gewollt, bei dem ich großes Glück hatte, nur damit ich irgendeine Gestalt sehe?«, platzte ich gereizt heraus und sah sie dabei wütend an, als mir wieder die Bilder in Erinnerung kamen, wie es zu dieser Situation hier gekommen war. Jill sah mich mit weit aufgerissenen Augen an, deren grüne Iris in einem See aus Tränen verschwammen, und entschuldigte sich kleinlaut.

»So habe ich das nicht gemeint. Tut mir Leid. Ich wollte nicht, dass dir so etwas passiert. Entschuldige.« Mir wurde warm ums Herz, weil ich nicht wollte, dass sie sich Vorwürfe deswegen machte und bereute sofort meine unfaire Aussage.

»Nein, mir tut es leid. Das war nicht nett von mir.« Sie lächelte mir zu wie ein klein-es Mädchen und ich lächelte zurück. Das Thema war für uns geklärt.

»Hast du schon mit ihm geredet?«, fragte sie nach einer Weile der Stille und sah mich zwar immer noch aufgeregt an, aber der kindliche Enthusiasmus war verschwunden. Ich schüttelte unbehaglich den Kopf und war mir auch nicht ganz sicher, ob ich das überhaupt wollte. Stattdessen hielt ich lieber an der Vorstellung fest, dass ich irgendeine Verletzung am Gehirn hatte und die Einbildung bald wieder verschwinden würde. Jedenfalls konnte ich mit diesem

Gedanken um einiges besser umgehen, als mich damit abzufinden, dass tatsächlich solche Wesen existierten.

Jill sah auf ihre silberne Uhr und sprang wie vom Blitz getroffen vom Stuhl auf.

»Ich bin mit Christian verabredet!« Da war wieder der schnelle Themenwechsel. Mein Schutzengel oder was er auch war, war in Vergessenheit geraten. Sie schlüpfte in ihre dünne dunkelgrüne Jacke und schnappte sich ihre Handtasche.

»Sei nicht böse, ich komm morgen wieder vorbei«, entschuldigte sie sich und ich schüttelte nur lächelnd den Kopf, als sie strahlend das Zimmer verließ. Ich hatte sie noch nie so verliebt gesehen, obwohl sie schon viele Freunde gehabt hatte. Nachvollziehen konnte ich es nicht, da ich mir nicht vorstellen konnte, jemanden mal genauso zu lieben, wie meine Familie, aber ich freute mich dennoch von ganzem Herzen für sie. Jill war jemand, der es verdiente glücklich zu sein und geliebt zu werden.

Nun war ich also wieder alleine mit meinem Schutzengel ... oder meiner Einbildung. Seine grauen Augen betrachteten mich eindringlich und sein Gesicht zeigte wie schon die Tage zuvor keinerlei Emotionen. Es fühlte sich unnatürlich an und Unbehagen breitete sich in mir aus.

Plötzlich ergriff mich ein großes Interesse, das ich mir nicht erklären konnte und ich überlegte, welche Frage ich zuerst stellen sollte. Er hatte mich wohl gerettet, also konnte er wohl nicht böse oder gefährlich sein.

»Bist du mein Schutzengel?« Meine Stimme klang fremd und ich hätte beinahe nicht gemerkt, dass ich die Frage selbst gestellt hatte. Angst und brennende Neugier durchströmten mich zu gleicher Maßen und kämpften um die Oberhand.

Als der Mann nicht sofort antwortete, kam ich mir seltsam dumm vor und tadelte mich innerlich dafür, Gespräche mit einer Einbildung zu führen.

»Nein.« Seine Antwort war gleichzeitig direkt in meinem Kopf und doch meilenweit entfernt. Ein Schauer jagte mir über den Rücken und ließ mich frösteln. Auf diese Weise war es wirklich schwierig, die Fassung zu bewahren und nicht in einen hysterischen Anfall zu verfallen. Alles in mir schrie mich an, dass das, was hier vor sich ging, nicht natürlich war. Ich schluckte den Kloß in meinem Hals herunter und holte einige Male tief Luft, bevor die nächsten Worte meinen Mund schließlich verließen.

»Wer bist du dann?« Beinahe im gleichen Moment bereute ich die Frage, denn wenn ich ehrlich war, wollte ich lieber nicht wissen, wer der Mann war. Ich war froh, dass ich meine Angst bisher soweit kontrollieren konnte, dass meine Gedanken wieder klar waren. Doch ich befürchtete, die Kontrolle darüber schon bald wieder zu verlieren.

»Ich bin der Seelenfänger.« Ich runzelte die Stirn über seine Antwort, da ich mit diesem Begriff nichts anfangen konnte. Obwohl ich durch Jill jede Menge Namen und Bezeichnungen für die verschiedensten Wesen kennen gelernt hatte, so hatte ich von einem Seelenfänger noch nie gehört.

»Was soll das sein?« Einen kurzen Moment hatte ich meine freche Art nicht unter Kontrolle, sodass meine Frage eine Spur zu provokant klang. Ein weiteres Mal schluckte ich schwer. Doch der Seelenfänger ließ sich davon nicht beeindrucken, er zuckte nicht einmal mit den Wimpern.

»Ich bin der Tod, jedenfalls bezeichnen mich die Menschen so.« Seine Worte klangen, als erklärte er mir gerade das natürlichste der Welt, so sachlich und neutral waren sie.

Hatte er gerade gesagt, dass er der Tod sei?

Unbewusst hatte ich angefangen, auf meiner Lippe zu kauen und mein Herz pochte heftig gegen meine Rippen. Ich glaubte auch, dass ich angefangen hatte zu zittern, aber so genau konnte ich das nicht sagen. Der Tod war hier, um mich zu holen.

»Mir ist noch nie eine Seele entkommen«, hatte er gesagt – nun konnte ich mich wieder daran erinnern. Und jetzt war er hier. Angst lähmte mich, bis ich das Gefühl hatte, sie würde mich verzehren. Meine Lungen brannten, weil ich aufgehört hatte zu atmen und Hitze breitete sich in mir aus. Schweiß sammelte sich auf meiner Stirn und meine Hände krallten sich in die Decke, bis es krampfhaft schmerzte.

»Ich geh nicht mit dir. Ich will nicht sterben.« Ich hatte ihn anschreien wollen, aber meine Stimme war lediglich ein schwaches Jammern. Ich konnte nicht mehr klar denken und so war diese törichte Aussage ein verzweifelter Versuch, meinem Schicksal zu entgehen. Als könnte ich entscheiden, wen der Tod mitnahm und wen nicht.

»Ich habe nicht vor, dich mitzunehmen. Zuerst musst du gesund werden und dann musst du deine Aufgabe erledigen.«

Okay Mira, atmen. Du wirst heute nicht sterben. Ganz ruhig.

Es war gar nicht so einfach, sich zu beruhigen, wenn gerade der Tod höchstpersönlich vor einem stand, aber irgendetwas in seiner Stimme sagte mir, dass er die Wahrheit sagte. Vermutlich würde er immer die Wahrheit sagen. Wozu sollte er auch lügen? Außerdem wäre ich nicht mehr hier, wenn er mich wirklich holen wollte. Also konnte ich meiner Neugier wohl ein bisschen Freiraum zugestehen.

»Welche Aufgabe?«, hauchte ich beinahe weinerlich, nachdem das Zittern nachgelassen hatte. Wellen der Angst durchfluteten mich immer noch und auch das Atmen fiel mir nach wie vor schwer. Inzwischen waren meine Hände so verkrampft, weil ich sie in die Bettdecke gekrallt hatte, dass ich sie nicht mehr richtig bewegen konnte. Während in mir der Sturm tobte, war der Seelenfänger unberührt.

»Deine einzige«, antwortete er schließlich auf die Frage, die immer noch im Raum hing wie ein Unheil verkündendes Urteil.

Kapitel 4

„Nur das Jetzt ist nicht zu spät."

Meine Einzige? Das war seine Antwort? Ich starrte den Seelenfänger irritiert an, denn offensichtlich hatte ich einen wichtigen Teil der Unterhaltung wohl verpasst. Oder ich war wie so oft unaufmerksam gewesen und hatte das Offensichtliche schlichtweg übersehen. Das war typisch für mich. Ich verstand die komplexesten Zusammenhänge, aber nicht die einfachsten Worte.

»Ähm, ich kann keine Aufgabe für dich erfüllen. Wenn ich gesund bin, muss ich wieder im Kindergarten arbeiten und ich habe Tausend Aufgaben zu erledigen. Nicht bloß eine«, gab ich schüchtern zurück und hatte dabei irgendwie Angst, ihn zu verärgern. Der Seelenfänger aber schüttelte nur unberührt den Kopf.

»Ich glaube, das hast du falsch verstanden. Du hast in dieser Hinsicht kein Mitspracherecht.« Die Art und Weise, wie er die Worte aussprach, ließen keinen Zweifel daran, dass ich keine Wahl hatte und dass er mir vorschrieb, was ich zukünftig tun würde.

Ein Gefühl der Machtlosigkeit breitete sich in mir aus und erdrückte mich. Man hatte mich nicht gefragt, als man mir meine geliebten Eltern genommen hatte, man hatte mich nicht gefragt, ob ich den für mich eigentlich tödlichen Unfall hatte überleben wollen und man hatte mich auch nicht gefragt, ob ich diesen zweiten Unfall überleben wollte. Langsam hatte ich es satt, dass andere über mein Leben bestimmten und mir keine Wahl ließen. Die meiste Zeit konnte ich nur machtlos zusehen, wie mein Leben seinen merkwürdigen Lauf nahm.

Jetzt explodierte rasende Wut in mir, weil ich mir von niemanden etwas vorschreiben lassen wollte. Das hatte ich mein Leben lang nicht getan und damit würde ich jetzt sicher nicht anfangen. Solange ich mich wehren konnte, würde ich das auch tun.

»Ich kann deine Aufgabe nicht erledigen.« Dieses Mal mutiger aber auch wieder gefasster, legte ich mehr Nachdruck in meine Worte und versuchte so selbstbewusst wie möglich zu klingen. Auf gar keinen Fall würde ich zulassen, dass ich wie ein kleines, ängstliches Mädchen dalag, das kampflos aufgab. Egal, wie schwer es je gewesen war, aufgeben war für mich nie eine Option gewesen. Ich war beinahe überrascht, wie fest und endgültig meine Stimme bei der Antwort klang. Einen Moment sah der Seelenfänger mich schweigend an, doch als er nach einem tiefen Seufzer durch die Wand verschwand, war ich mir sicher, ihn überzeugt zu haben. Erst als auch die letzten Schwingungen des Seelenfängers sich im Nichts auflösten, drangen die Geräusche meiner Umgebung wieder bis zu meinen Ohren vor.

Wärme breitete sich im Raum aus und war im Vergleich zu der eisigen Kälte, die der Seelenfänger mit sich brachte, beinahe wie eine Hitzewelle im Sommer. Das Zwitschern der Vögel ertönte fröhlich und es kam mir vor, als hätte jedes Lebewesen zuvor geschwiegen, um meinem Gespräch mit dem Seelenfänger zu lauschen. Die bedrückende Stille war mir in der kuriosen Situation gar nicht aufgefallen.

Noch eine Weile blieb mein Blick an der Stelle hängen, an der der Seelenfänger gestanden hatte, und ich ließ dabei die letzten zwei Tage noch einmal Revue passieren. Ich war wohl vom Pech verfolgt, wenn man bedachte, dass ich erst den Unfall hatte und nun der Tod wortwörtlich an mir klebte. Da konnte die in meinen Augen zu freundliche Bezeichnung "Seelenfänger" die Situation auch nicht mehr verharmlosen.

Ich seufzte.

Vielleicht würde er ja einfach nicht wieder kommen und ich könnte so tun, als wäre das alles nicht passiert.

Na klar Mira, so wird es sein, ganz sicher!

Selbst wenn er nicht mehr wieder kommen würde, was höchst unwahrscheinlich war, so würden mich doch die schmerzenden Rippen und das verletzte Bein noch eine Weile an den Unfall erinnern. Darüber hinaus würden mich die tragischen Bilder daran wohl niemals loslassen. Meine einzige Hoffnung lag darin, dass alles sehr schnell verheilen würde und ich auf der Arbeit einwandfrei den frechen Kindern nachlaufen können würde, wenn sie sich mal wieder weigerten aufzuräumen. Erneut entfuhr mir ein sehnsüchtiger Seufzer. Ich vermisste meine Arbeit, ich vermisste die Kinder, den Lärm und ja, sogar den Stress und den Zeitdruck. Das war einfach seit fast einem Jahr das Leben, für das ich mich entschieden hatte. Es war mein Leben und ich liebte es.

Ich beschloss, den Arzt zu fragen, wie lange ich noch würde hierbleiben müssen, wenn ich ihn das nächste Mal sah. Mein Blick fiel auf die schlichte Uhr an der Wand gegenüber von mir.

»Zehn vor zwölf«, murmelte ich verzweifelt und als würde er mir antworten, gab mein Magen ein lautes forderndes Knurren von sich. Allerdings fragte ich mich, woher der ganze Hunger kam, ich bewegte mich schließlich den lieben langen Tag nicht aus meinem Bett, was alles andere als verwunderlich war mit einem eingegipsten Bein.

Man mochte über das wenig aufwendige Kantinenessen im Krankenhaus meckern, so sehr man wollte, aber mir hatten die Kartoffeln mit Erbsen und Möhren und dem Hackbraten geschmeckt, sodass man meinen Teller beinahe nicht mehr spülen musste, als ich schließlich fertig war. Nun verbrachte ich also die nächsten, sich ziehenden Stunden damit auf mein Abendbrot zu warten.

Ich spürte, wie sich einnehmender Frust in mir breitmachte und verfluchte erneut den unvorsichtigen Unfallverursacher. Wäre er nicht viel schneller gefahren, als es erlaubt war, hätte er rechtzeitig bremsen können und ich würde nicht hier liegen.

»Wärst du aufmerksamer gewesen oder wärst nicht mitten auf der Straße stehen geblieben, würdest du auch nicht hier liegen«, tadelte mich meine innere Stimme. Ich verdrehte genervt die Augen und prustete die Luft aus. Dabei fiel mein Blick auf meine mittlerweile schon etwas fettigen Haare, die mir zu beiden Seiten über die Schultern lagen, und ich verzog angewidert das Gesicht. Ich sehnte mich nach einer heißen Dusche, um mich danach auf meinem Sofa neben Bo in eine Decke zu kuscheln. Aber das würde wohl noch warten müssen.

Stattdessen schnappte ich mir meinen schon ziemlich vollen Zeichenblock von dem kleinen Beistelltisch und einen

Bleistift aus dem Mäppchen und blätterte bis fast zum Ende zu einer noch leeren Seite. Wie so oft, begann meine Hand wie automatisch zu gleiten, ohne dass ich darüber nachdenken musste, welches Motiv ich auf das Papier bringen wollte. Das war auch der Grund, warum mich das Zeichnen so entspannte: Meine Gedanken hatten Pause.

Nach einer Weile hielt ich inne, um mein Werk zu betrachten, und stellte mit einem Schrecken fest, dass mir das schöne Gesicht des Seelenfängers entgegenblickte. Ich wollte das volle Blatt aus dem Block entfernen und in winzige Fetzen zerreißen, aber meine Augen hingen an jeder feinen Linie, die ich gezeichnet hatte. Selbst, wenn es nur eine Zeichnung auf der weißen Fläche war, musste ich zugeben, dass ich ihn wirklich attraktiv fand. Schließlich klappte ich den Zeichenblock gereizt zu und warf ihn rücksichtslos zurück auf den Beistelltisch. Also blieb mir jetzt doch nichts anderes, als Zeit totzuschlagen.

Fernsehen war zwar nicht gerade meine Lieblingsbeschäftigung, aber in Anbetracht der Umstände erschien es mir doch ein akzeptabler Zeitvertreib. Ich schaltete durch die wenigen Sender, die das Krankenhaus zu bieten hatte, und stoppte bei einer Tierdokumentation. Wenigstens lief zur Abwechslung etwas Interessanteres als die vielen Serien, dessen Folgen sich am laufenden Band wiederholten.

Mein Handy vibrierte auf dem metallenen Tisch und ich hätte mich beinahe zu Tode erschrocken, weil das Geräusch viel zu laut durch den Raum hallte.

»Habe dir ein Buch über Schutzengel rausgesucht, damit du weißt, wie du mit ihm umgehen sollst.«

Jills Nachricht brachte mich zum Schmunzeln, denn ich liebte sie dafür, dass sie mir aus jeder Situation heraushelfen wollte und das auf eine Art und Weise tat, die sie unglaublich liebenswürdig machte. Normalerweise ließ ich sie ihr Ding machen, bis sie zufrieden war, aber dieses Mal nicht.

»Er ist nicht mein Schutzengel, sondern der Tod. Ich muss ihn wieder loswerden.«

Meine Nachricht hatte ich innerhalb weniger Sekunden ohne Bedenken in das Feld getippt und ich hoffte, dass sie irgendwo unter ihren Unmengen an Büchern eines herum liegen hatte, welches mir auch dabei behilflich sein konnte. Vielleicht kannte meine bessere Hälfte zufällig irgendein Ritual, mit dem ich den Seelenfänger wieder los wurde. Schließlich hatte ich früher schon oft mit ihr solche mysteriösen Dinge ausprobiert, weil sie alleine zu viel Angst davor hatte.

»WAS?! Der Tod hat Kontakt zu dir aufgenommen??? Ich komme morgen nach der Uni sofort!«

Ich konnte Jill beinahe mit ihren weit aufgerissenen Augen und dem offenen Mund vor mir sehen und konnte ein Grinsen trotz des unbeliebten und schauerlichen Themas nicht verkneifen. Sie würde eine geeignete Lösung für dieses schicksalhafte Problem finden, da war ich mir sicher.

Nach einer weiteren spannenden Dokumentation, dieses Mal über das Universum, gab es endlich das ersehnte Abendbrot, sodass ich meinen knurrenden Magen mit einem Käsebrot und einem Marmeladenbrot füllen konnte. Schon bald darauf überfiel mich die Erschöpfung des Unfalls wie ein einschlagender Blitz und sorgte dafür, dass ich früh in einen ruhigen Schlaf fiel, gegen den ich mich nicht wehren konnte.

Wenn er nochmal genau darüber nachdachte, hatte sich der Seelenfänger die knifflige Angelegenheit mit Mira einfacher vorgestellt und hatte nicht damit gerechnet, dass sie ihm widersprechen könnte. Er wusste aus Erfahrung, wie sehr die meisten Menschen ihn fürchteten und obwohl er auch *ihre* Angst gespürt hatte, so hatte sie doch den Mut aufgebracht, ihm die Stirn zu bieten. Ihr aufsässiges Verhalten war ihm ein unlösbares Rätsel.

Seine wissenden Augen wanderten über die vielen Nebelwolken, die ihn umgaben. Die dunkle Essenz kribbelte in seinem Inneren und wurde zu einem unangenehmen Ziehen, als er sich einer schwarzen Nebelwolke näherte. Als er neben der noch jungen Frau an der roten Fußgängerampel zum Stehen kam, schmerzte sein Inneres beinahe vor Hunger nach neuer Energie. Trauer, Wut und Enttäuschung durch-fluteten ihren Körper und überwältigten sie, er konnte die negativen Gefühle spüren wie eklige, klebrige Geschwüre. Sie lasteten schwer auf ihr und schienen ihre Seele zu verfinstern. Für die dunkle Essenz war dies allerdings unbedeutend. Energie war Energie, unwichtig, ob sie positiv oder –wie in diesem Fall- negativer Quelle entsprang.

Das war alles ihre Schuld. Er war mein Freund. Das waren mein Leben und meine Entscheidung, mit wem ich zusammen sein wollte. Er liebt mich. Nur er versteht mich. Ich liebe ihn. Warum versteht sie das denn nicht? Ich habe ihr auch keine Vorwürfe gemacht, als sie wieder zu Papa zurückgegangen ist. Wäre er damals nicht fremdgegangen, wären wir noch eine glückliche Familie. Aber Mark ist nicht so. Er würde mir nicht fremdgehen. Warum muss sie ihn immer schlecht machen, wenn ich da bin? Sie weiß genau, wie sehr ich das hasse. Und trotzdem macht sie es immer wieder. Vielleicht ist sie einfach unzufrieden mit sich selber. Oder neidisch, weil ich so einen tollen Mann gefunden habe. Selbst, als ich meine Sachen gepackt habe und gegangen bin, hat sie weiter auf ihm rumgehackt. So kann das nicht weitergehen. Sie muss endlich akzeptieren, dass Mark und ich zusammen sind. Morgen werde ich sie anrufen und es ihr klar machen.

Der Seelenfänger spürte ihre aufgebrachten Erinnerungen an das Geschehene, als wären es seine eigenen Bilder aus vergangener Zeit. Während er zweifelsohne wusste, dass sie gleich sterben würde, hatte sie nicht die geringste Ahnung, dass sie keine Gelegenheit mehr haben würde, sich mit ihrer Mutter auszusprechen oder zu verwöhnen.

Das Licht der Fußgängerampel wechselte von Rot zu Grün und die Menschenmenge überquerte die Straße wie ein Haufen herumwuselnder Ameisen, während der Seelenfänger regungslos auf dem Bordstein stehen blieb. Er wartete die letzten Sekunden ab, bis er die Seele der jungen Frau einsammeln konnte. Die Zeit verlangsamte sich, bis sie fast stehen blieb. Aber nur fast. Geräusche des Straßenverkehrs glitten in den Hintergrund, bis sie nur noch ein dumpfes Brummen waren. Gegenüber kam ein maskierter Mann aus dem Laden, den er gerade überfallen hatte und prallte gegen sie. Ein einzelner Schuss fiel in Zeitlupe und versetzte die Menschen in Panik. Schock durchzuckte den bewaffneten Mann, bevor er losrannte und die junge Frau am Boden zusammenbrach. Rasend schnell färbte sich ihre weiße Bluse dunkel und ein roter See aus Blut bedeckte den Asphalt.

Der zierliche Körper der Toten glomm weiß auf, bevor die dunkelblaue verblassende Seele ihre Hülle verließ. Nun schwebte der Seelenfänger zu dem Treiben herüber und hob die Hand, um die Energie in sich aufzunehmen. Wie schon viele Millionen Mal, seit er der Seelenfänger war, durchlebte er gemeinsam mit ihr noch einmal das Leben. Sobald die Energie von der dunklen Essenz verschluckt wurde, löste sich die übernatürliche Atmosphäre wie eine Seifenblase auf. Die Zeit beschleunigte sich, bis sie wieder ihr normales Tempo gefunden hatte. Lärmende Töne trafen wieder auf seine Ohren. Der Moment war vorbei.

Für ihn war es Routine und doch erinnerte er sich noch an jede einzelne Seele, als wären sie in seine eigene eingeprägt. Mitgefühl oder ähnliche Emotionen empfand er nicht, denn das war ein Teil, der mit seiner Menschlichkeit gestorben war. Er spürte lediglich die Gefühle der Seelen wie einen schwachen Abdruck, bis sie langsam wieder verblassten und dann verschwanden.

So verbrachte der Seelenfänger die Zeit, die er bisher gehabt hatte und die Zeit, die er noch haben würde. Die wenige Zeit, die er noch haben würde. Woher genau er es wusste, war ihm nicht klar, aber er konnte spüren, dass er bald durch seinen Nachfolger ersetzt werden würde. Seine dunkle Essenz labte sich an der schwachen Energie seines noch übrig gebliebenen Seelenteils. Aber sie würde bald aufgebraucht sein und die dunkle Essenz, die ihn zum Seelenfänger machte, würde sich wie ein widerlicher Virus einen neuen Wirtskörper suchen, um weiter zu existieren, um ihn zu infizieren und sich anschließend von ihm zu nähren. Und doch akzeptierte er dies, denn er verstand die große Verantwortung, die die dunkle Essenz mit sich brachte. Er verstand ihre Notwendigkeit. Ohne den Seelenfänger würde das empfindliche Gleichgewicht zerbrechen und die Welt in folgenschweres Chaos versinken. Aber das würde nicht geschehen. Nicht solange er existierte. Und er hatte bereits einen würdigen Nachfolger gefunden, der stark genug für diese bedeutungsvolle Aufgabe war.

Kapitel 5

„Nicht alle Wege, die wir gehen,
suchen wir uns auch selber aus."

»So lange?«, fragte Jill entsetzt, als sie mir am nächsten Tag den angekündigten Besuch abstattete, und ich hatte den Eindruck, sie hätte gerne ein Wörtchen mit dem zuständigen Arzt gewechselt. Allerdings befürchtete ich, dass auch das nichts daran ändern würde, dass ich noch eine Weile hierbleiben musste. Während Jill sich ausgiebig darüber ausließ, warum das so lange dauerte und dass es ja unmöglich sei, schmunzelte ich vor mich hin. Geduld war schon immer mehr meine Stärke gewesen und gebrochene Knochen heilten nun mal nicht in ein paar Tagen.

Bei ihrem Hin- und Herlaufen fiel ihr Blick plötzlich und ohne Vorwarnung auf meinen aufgeschlagenen Zeichenblock und ich bereute sofort, mir heute Morgen das gezeichnete Bild vom Seelenfänger erneut neugierig angesehen zu haben.

»Wer ist das?« Ihre blassen, zarten Finger glitten über die klaren Linien und ihre Augen folgten fasziniert ihrer Hand. Scheinbar schien der Seelenfänger auf jeden eine solche Wirkung zu haben, denn auch ich hatte ihn eine Weile mit der gleichen Faszination betrachtet. Unfähig den Blick abzuwenden oder den Bann des Zaubers zu brechen.

»Der Tod«, antwortete ich schwer, sobald ich mich selbst mühevoll vom Anblick des Bildes lösen konnte.

Ich glaube, seit wir uns kannten -und das war praktisch ein Leben lang- hatte ich Jill noch nie so gesehen. Sie starrte das Bild fassungslos an und hatte ausnahmsweise mal keine einzige Antwort parat, wo sie mich sonst gleich mit mehreren überschüttete.

»Er sieht viel zu gut aus für den Tod.« Ihre Stimme hatte nicht ihre sonstige Euphorie. Es war nur ein zartes Hauchen, als könnte sie es nicht glauben. Ja, das war eine Feststellung, die ich auch schon gemacht hatte und war irgendwie überrascht, dass Jill das genauso sah. Wir hatten bisher immer das Glück gehabt, nicht an den gleichen Männern interessiert gewesen zu sein, doch er war offen-sichtlich eine große Besonderheit in dieser Angelegenheit.

»Ich bevorzuge Seelenfänger.« Ein spitzer, schriller Schrei entfuhr mir und meine Muskeln verkrampften sich ruckartig. Abgelenkt durch das stechende Pulsieren an meinen Rippen, verzog ich schmerzverzerrt das Gesicht. Jill wäre beinahe ebenfalls mit einem Aufschrei von ihrem Stuhl gefallen, hatte sich aber bei meiner nächsten Bemerkung schnell wieder im Griff.

»Geh das nächste Mal wie normale Menschen durch die Tür statt mich zu Tode zu erschrecken!«, beschwerte ich mich impulsiv in meiner typisch vorlauten, oft zu frechen Art, ohne darüber nachzudenken, und bemerkte meinen ungewollten Witz nicht einmal. Metallener Geschmack breitete sich in meinem Mund aus, weil ich mir zu sehr auf die Lippe gebissen hatte und ich zwang mich mit Mühe, in den Schmerz in meinen Rippen zu atmen, um ihn zu lindern. Ich warf ihm wütende Blicke zu, während er mich wie immer emotionslos anstarrte wie ein Irrer.

»Ist er hier?« Jill flüsterte, aber ihre Aufregung machte es unmöglich, dass ihre Stimme sich nicht in einen quiekenden Ton verwandelte. Und doch war es ihre Frage, die mich wieder klar denken ließen und mein Temperament wieder in seine Schranken verwies. Ich hatte soeben den Tod dafür angemotzt, dass er sich nicht wie ein Mensch verhielt. Nicht nur, dass das einfach total ironisch war, ich war auch noch dumm genug, ihn zu provozieren. Nachher änderte er seine Meinung vielleicht und nahm mich doch mit.

Kalter Schweiß sammelte sich in meinem Nacken und juckte unter meiner dicken, schweren Mähne. Jetzt war es meine Stimme, die quiekte, allerdings vor Angst, nicht vor Aufregung, als ich mich kleinlaut entschuldigte.

Wow, das war selbst für mich extrem unüberlegt. Erst motzen und sich dann entschuldigen. Und das beim Tod!

»Mira?«, wisperte Jill nervös und rüttelte sanft an meinem Arm, sodass ich den Blick vom Seelenfänger abwandte und in ihre besorgten grünen Augen sah. Ich nickte zaghaft und sah dann wieder zum Fenster rüber, wo er nach wie vor regungslos stand. Keine Spur von Ärger, obwohl ... wenn ich ihn genauer betrachtete: keine Spur von überhaupt irgendeinem Gefühl.

Sein Blick wanderte zu Jill und ruhte einen Moment auf ihr, bevor ich wieder Mittelpunkt seiner Aufmerksamkeit wurde. Unter seinen silbergrau leuchtenden Augen fühlte ich mich unbehaglich, denn ich wusste, dass er alles sah. Jede Stelle meines Körpers unter der schlichten Krankenhauskleidung war für ihn sichtbar. Aber noch viel schlimmer war die belastende Tatsache, dass er in mich hinein sah.

»Ok!« Überrascht, dass Jill sich so schnell wieder gefasst und zu ihrer üblichen quirligen Art zurückgefunden hatte, beobachtete ich neugierig, wie sie in ihrer Tüte herumkramte und beneidete sie um diese Fähigkeit.

»Was ist das alles?«, wollte ich schließlich wissen, als sie dicke Kerzen, ein Feuerzeug, kleine Schüsseln, eine Flasche Wasser, eine Packung Salz und einen abgegriffen Zettel auf meinem Bett ausgebreitet hatte.

»Ein Ritual.« Ihr Grinsen war so breit wie ihr Gesicht, als sie mich ansah und ich wusste, wie sehr sie solche Dinge liebte.

»Damit wird man negative Energien los«, fügte sie zuversichtlich hinzu, während ihr Blick wachsam zum Fenster wanderte und ein kurzes Aufflackern von Angst über ihre Züge huschte.

Ich wollte ihr meine Hilfe anbieten, aber da ich nicht aufstehen konnte, hielt ich den Mund und ließ sie machen. Sie verteilte aufgeregt die Kerzen auf dem Boden an den Ecken meines Bettes und drückte mir eine Schüssel mit Wasser in die Hand. Dann schnappte sie sich die Packung Salz und verstreute es mit der Hand im Raum, als würde sie gerade damit die Enten füttern wollen. Einen kurzen Moment hielt sie inne und begutachtete ihr Werk noch einmal kritisch, dann begann sie erneut Salz auf den Boden zu verteilen.

»Jill, das reicht! Was soll ich denn dem Personal erzählen, warum das ganze Salz hier liegt?« Darüber machte ich mir tatsächlich einen kurzen Augenblick Sorgen, aber der flüchtige Gedanke war im nächsten Moment schon wieder verschwunden.

Als sie zufrieden war, ließ Jill sich wieder neben mir auf dem Stuhl nieder und nahm den kleinen Zettel in die Hand, der aussah, als habe sie ihn schon das eine oder andere Mal benutzt. Sie räusperte sich, wie sie es immer tat, bevor sie einen Vortrag oder Ähnliches hielt und las dann die fein säuberlich geschriebenen Worte auf dem Papier laut vor. Ihre Aussprache war präzise und flüssig, während ich nichts verstand. Meine Vermutung war Latein, aber sicher war ich mir da nicht. In Latein war ich nie besonders gut gewesen, so wie auch in sämtlichen anderen Sprachen nicht. Sie schloss die Augen und hielt den nervösen Atem an, als sie ihren Text wiederholte und schwieg dann eine Weile. Mir war nie der Gedanken gekommen, dass Jill vielleicht so etwas wie ein Medium sein könnte, denn so wie sie da saß, war ich mir ziemlich sicher, dass sie zumindest irgendetwas spürte. Stille beherrschte den Raum. Keiner von uns wagte zu reden oder gar zu atmen. Für einen Sekundenbruchteil verschwamm die Realität, als wären wir von ihr abgeschnitten. Mein Bewusstsein entglitt mir, also riss ich panisch die Augen auf. Jill und ich wechselten einen intensiven Blick, als wollten wir einander fragen, ob wir das Gleiche gespürt hatten.

Dann sah sie nervös zum Fenster und ich folgte ihrem gehetzten Blick, während sie ebenfalls außer Atem fragte, ob er noch da war. Und natürlich war er noch da.

»Ich sag doch diese Rituale funktionieren nicht«, seufzte ich frustriert, während ich versuchte, wieder normal zu atmen, und warf verzweifelt die Hände in die Luft.

»Sie funktionieren«, widersprach Jill mir mit einer strengen Tonlage, die niemanden daran zweifeln ließ, dass sie Recht hatte. Sie zog eine Schnute, runzelte die Stirn und betrachtete ihren Zettel nachdenklich, bevor sie weiter sprach.

»Dieses Ritual lässt sämtliche negative Energie verschwinden. Meines Wissens nach ist der Tod keine positive Energie.

Entweder ist also mein Wissen falsch oder er ist nicht der Tod.«

Ich wünschte, dass die zweite Vermutung zutraf und ich hatte das Gefühl, dass sich auch Jill diese Lösung wünschte. Es wäre eine Katastrophe für meine beste Freundin, wenn ihr Wissen über irgendetwas Übernatürliches falsch war. Der Seelenfänger hatte allerdings nicht gewirkt, als hätte er Scherze gemacht.

Unsicher wanderte mein Blick zu den silbergrau leuchtenden Augen des Seelenfängers und ich versank beinahe in dem blassen Grau wie ein kleiner Stein im Meer. Ich hasste, dass das geschah und doch genoss ich die innere Ruhe, die ich währenddessen empfand. Die meiste Zeit in meinem Leben wurde ich von einem rastlosen Gefühl angetrieben, doch während ich in seinem Grau versank, herrschte in meinem Inneren Vollkommenheit.

»Erde an Mira«, beschwerte sich Jill, dass ich ihr nicht zuhörte, sodass ich ihr nun schuldbewusst meine volle Aufmerksamkeit schenkte.

»Du solltest den Tod nicht so anschmachten. Du sabberst ja fast schon«, warf sie mir vor und begutachtete ihre perfekt lackierten Nägel, um mich mit Ignoranz zu strafen. Instinktiv wischte ich mir mit dem Handrücken über den Mund, weil ich mir wirklich nicht sicher war, ob ich sabberte. Ich wollte nicht von diesem Grau hypnotisiert werden, aber ich hatte mich nicht wehren können. Dann musste ich entscheiden, ob ich mich besser entschuldigte oder mich rechtfertigte.

»Ich schmachte ihn nicht an«, sagte ich schließlich, denn Jill würde mir auch ohne Entschuldigung verzeihen, daher bevorzugte ich es vor, die Sache klar zu stellen. Jetzt zog sie herausfordernd die Augenbrauen hoch und hatte ein neckisches Grinsen auf den Lippen. Ich stimmte in ihr Spielchen ein, eines der vielen, die wir untereinander andauernd ausfochten.

»Du bist doch nur neidisch.«

Immer wieder ließ Jill mich den Ernst der Lage vergessen und ihr lockerer Umgang mit dem Thema machte es beinahe normal.

Nachdem wir uns wieder vor Lachen eingekriegt hatten, verabschiedete sich Jill zügig, um sich mit Christian zu treffen. Ich hatte das Gefühl, dass es zwischen den beiden wirklich ernst war und meine Freude für sie kribbelte warm in meiner Brust, wie ein gemütliches Lagerfeuer.

Dann war ich wieder allein. Allein mit dem Seelenfänger. Plötzlich durchzuckte mich eine Frage und ich wandte mich dem Seelenfänger zu.

»Du bist doch der Tod, oder?« Es war durchaus nervig, dass er sich mit seinen Antworten immer ewig Zeit ließ, aber ich wollte, ich *musste* es wissen. Er nickte einmal.

»Seelenfänger«, korrigierte er mich.

»Warum hat das Ritual dann nicht funktioniert?« Die Frage brannte in mir wie ein loderndes Feuer. Ob ich tatsächlich daran glaubte, war zweitrangig, Jills Überzeugung trieb mich an. Seine Mundwinkel zuckten und ich hielt es für einen kurzen Moment für ein aufkeimendes Lächeln, doch es blieb bei der schwachen Bewegung, die gleich wieder verschwand.

»Du hast noch viel zu lernen, Mira.«

Na großartig, jetzt bin ich genau so schlau wie vorher.

Er sah aus dem Fenster, völlig uninteressiert an mir und ich fragte mich unwillkürlich, warum er seine Zeit hier verbrachte, obwohl er im Grunde nichts tat. Seine Haltung hatte etwas extrem Merkwürdiges, denn andere änderten ihre Haltung nach einer Weile stehen, verlagerten ihr Gewicht von einem Bein auf das andere oder steckten die Hände in die Hosentaschen. Aber seine Haltung war die ganze Zeit über und jedes Mal, wenn er hier war, die gleiche. Er änderte sie niemals. Seine Hände hingen regungslos neben seinem Körper, sein Gewicht war auf beiden Beinen gleich verteilt und sein Kopf richtete sich nie gen Boden. Hätte ich es nicht besser gewusst, hätte ich ihn auch für eine Statue halten können.

Ein kalter Schauer krabbelte meinen Rücken herunter, als ich mir wieder ins Gedächtnis rief, dass er der Tod war und nicht irgendein Mensch. Zugegebenermaßen hatte ich mir den Tod anders vorgestellt, denn in den meisten Fällen gehörte eine Sense, Skelettfinger, ein wehender Umhang trotz fehlenden Wind und ein fehlendes Gesicht zu seinem Erscheinungsbild. Doch nichts davon traf zu. Gut, er hatte einen langen schwarzen Umhang, aber der war aus gepflegtem Leder und hing genauso bewegungslos an ihm herab wie seine Arme. Er sah nicht aus wie der Tod, weswegen es leichter war, diese Tatsache in irgendeine Ecke meines Gehirns zu verdrängen, als wäre sie nicht wahr. Doch die Lüge lag schwer in meinem Unterbewusstsein.

Als die Sonne hinter den Wolken hervorkam, wurde ihr Licht von seinen goldenen Strähnen, die sich zwischen dem braunen Haar verteilten, eingefangen und ließ ihn tatsächlich einen Moment eher wie einen Schutzengel aussehen. Seine blass leuchtenden Augen fielen wieder auf mich und verdrängten auch das letzte bisschen Angst vor ihm.

»Warum bist du hier?« Meine Stimme klang wie die von jemandem, der gerade unter Hypnose antwortete. Ich wusste nicht woher, aber ich hatte das Gefühl, dass wir irgendwie miteinander verbunden waren und ich tief in meinem Unterbewusstsein bereits wusste, warum er hier war.

»Ich warte, bis du wieder gesund bist und wir mit der Aufgabe anfangen können«, antwortete er und klang dabei wie immer gleichzeitig weit entfernt und direkt in meinem Kopf.

»Und welche Aufgabe ist das?« Ich hatte zwar bereits beim ersten Mal keine richtige Antwort bekommen, aber ich gab die Hoffnung nie auf. Und wurde gleich belohnt.

»Dich die Aufgabe eines Seelenfängers zu lehren«, erklärte er emotionslos.

Okay, das war interessant. Man konnte also beim Tod in die Lehre gehen?

»Gibt es mehrere von euch?« Er schüttelte ruhig und gefasst den Kopf, während bei mir die Nervosität anstieg.

»Du wirst meine Nachfolgerin.«

Schock durchfuhr mich und in meinem Kopf wurden seine Worte immer wieder wiederholt, damit ich sie ja nie wieder vergaß. Erst eine gefühlte Ewigkeit später entfuhr mir ein fassungsloses »Was?«

Das war also die Aufgabe, von der er geredet hatte. Und ich hatte wirklich gedacht, ich hätte ihn überzeugt, aber offensichtlich hatte ich mich da schwer geirrt.

»Nein, nein, nein, das kannst du schön wieder vergessen. Ich möchte noch eine ganze Weile unter den Lebenden bleiben. Such dir jemand anderen.« Ich war richtig stolz auf mich, dass ich meine vorlaute, selbstbewusste Art wieder gefunden hatte, um meinen Standpunkt klar zu machen. Er konnte nicht so einfach entscheiden, was mit mir geschah.

Er schien das allerdings ganz anders zu sehen, denn er seufzte schwer und erklärte dann seine Sicht der Dinge.

»Du wirst meine Nachfolgerin. Das ist deine Bestimmung und du kannst ihr nicht entkommen.«

Seine Miene blieb unverändert, aber er sah plötzlich aus, als ließe er nicht mehr mit sich über dieses Thema diskutieren und dennoch versuchte ich es natürlich.

»Ich will nicht deine Nachfolgerin werden... und du kannst mich nicht zwingen!«

Tatsächlich fragte ich mich im gleichen Moment, ob meine Worte überhaupt zutrafen, ob er mich wirklich nicht zwingen konnte. Ich strich nervös mit meinen verschwitzten Händen über die Decke und sein ruhiger Blick, der auf mir ruhte, trieb mich beinahe in den Wahnsinn. Am liebsten wäre ich im Erdboden versunken, Hauptsache ich entging seiner bedrückenden Aufmerksamkeit. Ich hatte kein Problem damit, im Fokus aller Menschen zu stehen, aber bei ihm war das etwas ganz anderes. Seine Augen sahen nicht nur mein langweiliges Äußeres, sondern mein ganzes Wesen mit all meinen Stärken und Schwächen, jedenfalls fühlte es sich so an.

»Ich muss dich auch nicht zwingen. Wie ich bereits sagte, du kannst deiner Bestimmung nicht entkommen.«

Ich ärgerte mich insgeheim darüber, dass er immer so gefasst war und nie die Kontrolle verlor, während ich schwer mit mir kämpfte. Andererseits war ich mir mittlerweile nicht mal mehr sicher, ob er überhaupt irgendwas empfand, so emotionslos wie er war.

»Ich werde einfach nicht mehr mit dir reden«, sagte ich und wusste, wie kindisch das klang, aber das war mir egal. Wenn ich einfach kein Wort mehr mit ihm wechselte, könnte ich so tun, als wäre er gar nicht da. Vielleicht stellte er sich dann doch als eine beängstigende Halluzination meines kranken Gehirns heraus.

Jetzt reichte es ihm offensichtlich mit meiner Aufsässigkeit. Pure, nackte Angst explodierte in mir und ich hatte das Gefühl, mein schlimmster Albtraum wäre gerade lebendig geworden. Ein kalter Schweißfilm überzog meine gesamte Haut und brachte mich trotz der inneren Hitze zum Zittern. Meine Zähne klapperten aufeinander und mein Herz schlug mir bis zum Hals.

Was hatte ich nur angerichtet?

Kapitel 6

„Solange du nur darüber nachdenkst,
ist es ein Wunsch.
Erst wenn du es machst, ist es dein Leben."

Seine menschliche Gestalt löste sich in einem schwarzen
Nebel auf und wuchs zu einer riesigen Wolke heran, bei der
mein Herz sich beinahe überschlug. Im Zimmer wurde es
urplötzlich eiskalt und düster, obwohl draußen die Sonne
fröhlich schien und ein Frösteln schüttelte mich. Dann
formte sich der Nebel zu einer neuen, größeren Gestalt, die
von wirbelndem Rauch umgeben war. Das silberweiße
Metall der Sense blitzte auf wie ein blendendes Licht und es
schallte, als das lange Ende der Sense auf den Boden traf.
Der nun zerfetzte Mantel wehte um seine Schultern, obwohl
kein Luftzug durch den Raum ging. Skelettfinger umfassten
den langen schwarzen Stab, während die andere Hand mit
ausgestrecktem Finger auf mich zeigte. Jetzt ähnelte der
Seelenfänger schon eher dem, was man als Tod kannte und
ich bereute sofort meine innerliche Enttäuschung von zuvor,
doch es gab dennoch einen entscheidenden Unterschied. Er
hatte weder einen Skelettschädel noch war er gesichtslos
oder zumindest nicht ganz. Seine silbergrau leuchtenden
Augen schienen immer noch unter seiner Kapuze hervor,
nur waren sie viel heller als sonst und hatten nun die
schwarze Pupille gänzlich verschluckt. Beinahe so hell, dass
ich den Blick abwenden wollte. Aber meine Angst hatte
mich so sehr gelähmt, dass ich froh war, noch zu atmen. Sein
Gesicht war eine Mischung aus hellem Weiß und dem

schwarzen Nebel, der ihn umgab - ich konnte es nicht beschreiben.

Als er sprach, war sein Mund ein schwarzes Loch.

»Du benimmst dich wie ein kleines Kind!« Seine Stimme explodierte laut in meinem Kopf und sandte eine weitere Schockwelle durch meinen Körper. Die Angst, die ich so gut gebändigt hatte, brach in mir aus, als hätte sie nur auf den richtigen Moment gewartet, um von mir Besitz zu ergreifen. Sie brannte in meinen Muskeln wie ein Gift, das mich zum Fliehen zwingen wollte. Und doch lag ich wie versteinert da, mein gehetzter Blick hing immer noch an dieser unheimlichen Gestalt, die mittlerweile fast das ganze Zimmer einnahm. Lange körperlose Fäden von dem schwarzen Rauch, der ihn umgab, streckten sich nach mir aus und suchten im Zimmer nach etwas, das mir nicht bekannt war.

Die ganze schreckliche Szene dauerte nicht einmal fünf Minuten, aber sie fühlte sich an wie eine Ewigkeit. Der schwarze Rauch zog sich zurück und verdichtete sich, um sich dann in Luft aufzulösen. Der Seelenfänger verwandelte sich zurück in sein menschliches, so viel harmloseres Erscheinungsbild und betrachtete mich, als wäre gerade nichts passiert.

Bei mir hingegen dauerte es eine Weile, bis ich meinen offenen Mund geschlossen und den Kloß in meinem Hals runtergeschluckt hatte. Mein Rachen war ausgetrocknet und jeder Atemzug kostete mich enorme Kraft. Ich wollte gleichzeitig 100 Dinge sagen und doch lieber schweigen. Der Schock saß immer noch tief in meinen Knochen und machte es mir unmöglich, etwas zu sagen oder zu reagieren. Eines wusste ich allerdings: Ich würde zukünftig zweimal überlegen, was ich wie zu ihm sagte.

Der Seelenfänger schüttelte leicht den Kopf und verschwand durch die Wand. Jetzt, da seine Anwesenheit nicht mehr meinen Körper und meine Gedanken betäubte, beschäftigte sich mein überfordertes Gehirn mit dem, was er gesagt hatte. Vorher hatte ich es gehört, aber es war nicht zu mir durchgedrungen, nun verarbeitete ich seine Worte. Ich musste mir eingestehen, dass ich mich tatsächlich wie ein kleines Kind verhalten hatte, obwohl mir meine Antwort vorher eigentlich gut gefallen hatte.

Aber so langsam sickerte die offensichtliche Wahrheit durch mich hindurch und lähmte mich erneut, als sich plötzlich ein einziger Gedanke festigte: Ich werde sterben. Nur deswegen hatte ich den eigentlich tödlichen Unfall überlebt. Warum ich mir dessen so sicher war, wusste ich nicht, aber es gab keinen Zweifel daran, dass es geschehen würde. Was nach dem Tod geschah, wusste ich nicht, aber der Seelenfänger war ebenfalls tot oder jedenfalls so etwas in der Art. So oder so würde ich mich von allem, was mit diesem Leben zu tun hatte, verabschieden müssen.

Zeit.

Wie viel Zeit hatte ich noch?

Natürlich gab es noch mehr als diese eine Frage, aber sie war die einzige, die noch wichtig war. Wie viel Zeit hatte ich, um mich zu verabschieden? Noch die Dinge zu tun, die ich tun wollte? Zu akzeptieren, dass meine Zukunft unabänderlich war? Wie viel Zeit hatte Jill, um mich gehen zu lassen?

Ich hatte nie Angst davor gehabt zu sterben und es immer für einen Teil des endlosen Kreislaufs gehalten, aber es war nicht so, wie ich es mir vorgestellt hatte. Ich würde nicht das gleiche erleben, wie jeder andere Mensch. Und ich hatte gedacht, ich müsste mir erst in einigen Jahren darüber Gedanken machen. Doch die meisten Dinge verliefen anders, als man erwartete oder sich erhoffte.

Was sollte ich jetzt machen?

Ich hatte das drängende Gefühl, alles gleichzeitig machen zu müssen aus Angst, ich könnte nicht mehr genug Zeit für alles haben. Jill würde erst morgen wieder kommen und meine Pflegeeltern würde ich vermutlich erst wieder sehen, wenn ich das Krankenhaus verließ, weil sie sich in Arbeit verkrochen. Mein Blick wanderte ziellos durch den sterilen Raum, als wäre er des Rätsels Lösung und blieb an meinem immer noch aufgeschlagenen Zeichenblock hängen. Wie vom Blitz getroffen griff ich danach, schlug eine leere Seite auf und begann beinahe hektisch eine Überschrift zu schreiben. Als ich den letzten Buchstaben niedergeschrieben hatte, hielt ich meinen Block eine Armlänge von mir weg und begutachtete meine Überschrift noch einmal. Unzufrieden radierte ich alles wieder aus und schrieb es nun fein säuberlich erneut.

Dinge, die ich noch erleben will ...

Ich machte eine Pause. Es war schon das ein oder andere Mal vorgekommen, dass ich gedacht hatte: »Das möchte ich mal erleben.« Und es gab unzählige dieser Listen. Wie bei einem Tick hatte ich jedes Jahr eine neue gemacht und meine damalige Psychologin hatte es für eine Auswirkung des Verlusts meiner Eltern gehalten. Allerdings gab es nun ein paar Punkte, die ich noch erleben *musste*, bevor ich diese Welt verließ.

1. Die Welt sehen.

In den vielen Dokumentationen, die ich bereits gesehen hatte, hatte ich so viele schöne Orte kennen gelernt. Ich wollte sie sehen, ich wollte sie alle sehen. Ich hoffte, dass Jill mich begleiten würde, denn es würde mir schwerfallen, sie so lange zurückzulassen. Wir waren bisher noch nie über längere Zeit getrennt gewesen und ich wollte auch nicht wissen, wie es war, ohne sie zu sein.

2. Die Liebe finden.

Ich wollte ein einziges Mal das fühlen, was Jill offensichtlich bei ihrem Christian empfand. Ich wollte das Kribbeln im Bauch fühlen, vor Aufregung feuchte Hände haben, wenn ich verabredet war und das brennende Sehnen, wenn ich nicht mit meiner Liebe zusammen war. Ich wollte es einerseits, um mich selbst zu überzeugen, dass es so etwas gab und andererseits war ich ein wenig neidisch darauf, wie glücklich Jill war.

3. Fallschirm springen.

Diesen kurzen Moment, in dem man fliegen konnte, wollte doch jeder einmal erleben und ich träumte schon davon, seit ich klein war.

4. Feiern, als gäbe es kein Morgen.

Natürlich hatte ich mir mit Jill schon das eine oder andere Mal die halbe Nacht um die Ohren gehauen, aber ich wollte wissen, wie es war zu feiern, als wäre es das letzte Mal. Wie es war, sich um nichts Sorgen zu machen und vor Erschöpfung in den Schlaf zu fallen. Ich war mir ziemlich sicher, dass Jill bei Schlafmangel noch aufgedrehter sein würde und wir eine Menge Spaß haben würden. Ein breites Grinsen schummelte sich auf meine Lippen und die Aufregung baute sich in mir auf. Diesen Punkt würde ich auf jeden Fall sofort abhaken, sobald ich wieder richtig laufen konnte.

5. Sebastian Erding die Meinung sagen.

In der 8. Klasse hatte unser Klassenkamerad Sebastian uns immer geärgert. Er hatte sich über Jill lustig gemacht, weil sie damals geglaubt hatte, unter uns würden Magier leben. Mich hatte er gehänselt, weil ich damals pummelig war und zu den grauen Mäuschen gehörte. Heute war ich mir darüber sehr bewusst, wie vielen Männern ich den Kopf verdrehte. Und inzwischen hatte ich genügend Selbstbewusstsein, um meinen Standpunkt zu verteidigen.

6. Mich für den Umweltschutz einsetzen.

Ich hatte mich schon immer für den Umweltschutz einsetzen wollen, aber im Glauben, ich hätte noch genug Zeit, hatte ich es immer wieder verschoben. In dieser Sache war ich wie alle anderen Menschen, die sich nicht die Zeit nahmen, das zu tun, was sie wirklich wollten.

7. Eine Survivaltour

So etwas hatte ich schon immer spannend gefunden, wobei Jill mich bei einer solchen Tour sicher nicht begleiten würde. Ich stellte mir vor, wie sie mich schief ansah, während ich ihr sagte, dass sie nun eine Weile auf ihre warme Dusche, eine bequeme Couch und ihre Kuscheldecke verzichten musste. Ich lache laut auf. Sie würde aussehen wie ein kleines süßes Reh, das gerade von einem Hasen eine Moralpredigt erhalten hatte und große Augen machte.

8. Meinen Pflegeeltern danken.

Selbstverständlich hatte ich schon oft "Danke" gesagt, aber ich wollte ein richtig großes Danke, eine riesige Zeitungsanzeige oder so etwas. Sie hatten so viel für mich getan, obwohl ich sie jedes Mal an ihre langjährigen, verstorbenen Freunde erinnerte. Je älter ich geworden war, desto öfter hatte ich den von Kummer erfüllten Gesichtsausdruck von Emma gesehen. Und trotzdem hatte sie alles dafür gegeben, dass ich mich wohl fühlte und eine glückliche Familie hatte. Ich war so froh, Emma und Tobias zu haben, dass jedes Dankeschön der Welt zu wenig wäre. Eigentlich wollte ich mich nicht von meiner Trauer überwältigen lassen, aber angesichts meiner nicht so rosigen Zukunft, war ich nicht stark genug sie zu verdrängen.

Verzweifelt legte ich den Block auf den kleinen Tisch neben mir und beschloss, später meine Liste fortzusetzen. Es hatte keinen Sinn, mir etwas vorzumachen und zu glauben, ich könnte akzeptieren, dass ich bald nicht mehr hier war. Ich wollte leben! Mehr denn je sehnte ich mich nach Abenteuern, die mir das Adrenalin durch die Adern pumpten und mich wissen ließen, dass ich nicht tot war. Ich hatte das Gefühl, mein Inneres würde mich verzerren, wenn ich weiter hier lag und nichts tat.

Schnell drückte ich mir die Decke aufs Gesicht und schrie hinein, um den aufgestauten Frust loszuwerden. Vielleicht würde ich bald explodieren oder noch einen Autounfall haben oder...ich würde aus Versehen so lange in die Decke schreien, dass ich erstickte. Das war zwar eher unwahrscheinlich, aber nichts war unmöglich! Das wusste ich jetzt.

Der Seelenfänger wurde plötzlich von einer Welle der Wut und der Verzweiflung durchflutet. Er wusste, dass es nicht seine eigenen Gefühle waren, aber es war eine neue Erfahrung, die Gefühle eines anderen so intensiv zu spüren. Er konnte die Empfindungen aller Seelen spüren, aber nur wie einen blassen Abdruck, der wie ein sanfter Bach an ihm vorbei plätscherte. Miras Gefühle hingegen waren in ihm, ein Teil von ihm und so war der sanfte Bach zu einem breiten

Fluss, der durch ihn hindurchfloss. Stets vorbei an seinem Kern, aber immer nah dran.

Seine dunkle Essenz drängte ihn, die nächste Seele einzusammeln, während Miras Gefühle ihn zu ihr zogen. Nur für einen kurzen Moment war Mira stärker als seine dunkle Essenz, doch es reichte aus, um die Richtung zu wechseln und auf das Krankenhaus zuzusteuern.

Dort angekommen schwebte er in den zweiten Stock und glitt durch die dicken Außenwände in Miras Zimmer. Sie erschrak trotzdem, doch ihre raschelnde Decke, die sie sich über den Kopf zog, dämpfte die Lautstärke, sodass mehr ein tiefes Grummeln statt ein frustrierter Schrei erklang. Er sah ihr dabei aufmerksam zu, als würde ihm das helfen, sie zu verstehen. Seine Augen glitten über ihre gewellten, braunen Haare, über die Strähnen, die ihr über die Stirn ins Gesicht fielen. So wie sie die langen schlanken Finger in die Bettdecke krallte, wirkte sie wie ein kleines, verzweifeltes Mädchen.

Als ihr Kopf mit zerzausten Haaren wieder hervorlugte, entdeckte der Seelenfänger die bernsteinfarbenen Augen, die von langen Wimpern umrahmt wurden. Plötzlich dachte er an den tödlichen Autounfall ihrer Eltern, erinnerte sich an jedes einzelne Detail, als wäre es bisher nur vor ihm verborgen gewesen. Während sie ihn wortlos ansah, durchlebte er mit ihr gemeinsam den Unfall ihrer Eltern erneut.

Der Seelenfänger fasste sich an die Stelle, an der sein Herz einmal geschlagen hatte, als könnte er die Leere füllen, die nicht seine eigene war.

Kapitel 7

„Zeit heilt keine Wunden.
Sie lehrt einem nur,
besser mit dem Schmerz umzugehen."

Vor 13 Jahren an jenem unheilvollen Tag war für die Menschen gerade Nacht, als der Seelenfänger durch ein etwas abgelegenes, gemütliches Dorf wanderte. Die wenigen Einwohner hatten es sich bei dem kalten Wetter und dem leise fallenden Schnee bereits vor dem knisternden Kamin gemütlich gemacht. In den Straßen und den umliegenden Wäldern herrschte friedliche Stille. Es war schon einige Minuten her, dass der Seelenfänger die letzte Seele eingesammelt hatte und er folgte daher zielstrebig dem Ziehen der dunklen Essenz in seinem Inneren durch die Dunkelheit. Die einzige Straße, die in das Dorf führte, war wenig befahren und wurde bereits von einer dünnen Eisschicht überzogen. Ein kühler Wind zog auf und raschelte in den wenigen noch verbliebenen Blättern der Bäume. Einige von ihnen hatten keine Kraft mehr und segelten tonlos zu Boden.

In der Ferne tauchten zwei flackernde Lichter auf und bewegten sich langsam Richtung Dorf. Der Seelenfänger spürte, wie das Ziehen in seiner Brust stärker wurde, bevor er die zwei schwarzen Nebelwolken im Auto erkennen konnte. Die dritte Nebelwolke war weiß, aber immer wieder schimmerte sie an manchen Stellen schwarz auf, sodass er selbst zuckte. Was das zu bedeuten hatte, wusste der Seelenfänger nicht, denn so etwas hatte er noch nie gesehen.

Noch bevor der Fahrer des Autos die Kontrolle über das Fahrzeug verlor, sah der Seelenfänger die Szene vor seinem inneren Auge. Daher musste er lediglich geduldig abwarten, bis er die Seelen einfangen und weiterziehen konnte. Wie immer, wenn die Menschen in wenigen Sekunden starben, löste sich ihr schwarzer Nebel auf und zeigte dem Seelenfänger die zerbrechliche menschliche Hülle. Die Mutter des Kindes strahlte. Sie strahlte vor Glück, Freude am Leben und Liebe zu ihrer kleinen Familie im Auto. Er konnte spüren, dass sie eine der Menschen war, die jede Sekunde schätzte und versuchte, sie so sinnvoll wie möglich zu füllen. Ein schallendes Lachen erklang aus dem Auto, das der Seelenfänger in seinem Kopf hörte, als säße er neben der Mutter. Der Mann sah in den Rückspiegel und schnitt eine Grimasse, wobei er sich das Lachen selber kaum verkneifen konnte. Hinten im Auto saß eine junge Seele, die einen riesigen Spaß an der gesamten Situation hatte, was er an ihrer aufleuchtenden Nebelwolke erkennen konnte. Während der Seelenfänger die Eltern des Mädchens bereits in ihrer menschlichen Hülle erkennen konnte, sah er das kleine Kind lediglich als weiße mit schwarzen Fäden durchzogene Nebelwolke, die nicht so recht ins trostlose Gesamtbild passte.

Obwohl der Vater langsam fuhr und beim Grimassen schneiden immer wieder aufmerksam auf die Straße sah, verlor er die Kontrolle über den Wagen. Das Auto rutschte von einer zur anderen Seite, über die glatte Straße, überschlug sich und prallte dabei krachend gegen einen Baum. Die Seelen der Eltern verließen sofort ihren Körper, sodass der Seelenfänger sie in sich aufnehmen konnte und auch die Wolke des Kindes wurde schlagartig dunkel. Doch die bunt schillernde Seele des Kindes mit ihren schwarzen Fäden klammerte sich verzweifelt an das Leben und noch bevor der Seelenfänger sie ebenfalls einsammeln konnte, kehrte sie in den menschlichen Körper zurück. *Als das geschah, wurde der Seelenfänger für einen kurzen Moment mit unendlichem Schmerz und erstickender Trauer überwältigt. Einen kurzen Augenblick war er mit dem kleinen Kind tief verbunden, spürte die volle Macht der Gefühle, die die Menschen ertrugen. Die Nebelwolke hatte sich aufgelöst und ihre Blicke trafen sich. Er konnte, sehen wie der Glanz in ihren bernsteinfarbenen Augen erlosch und sie trüb wurden, bevor ihre Verbindung wieder zerbrach.*

Der Seelenfänger hörte das markerschütternde Schreien und Weinen des Mädchens, aber dieses Mal mit seinen Ohren, denn er stand dicht neben ihr. Ihre Nebelwolke hatte sich wieder verdichtet und war nach wie vor weiß, doch die dunklen Stellen waren größer geworden und tauchten häufiger auf. Die Menschen würden sagen, sie war dem Tode knapp entkommen oder sie habe einen Schutzengel gehabt, aber der Seelenfänger wusste, dass es weder das eine noch das andere war. Ihre Zeit war lediglich noch nicht gekommen, denn bis zu einem gewissen Grad konnten die Menschen in manchen Situationen entscheiden. Sie konnten kämpfen oder aufgeben, denn das lag nicht in der Hand des Seelenfängers.

Es dauerte fast eine halbe Ewigkeit, bis ein weiteres Auto die Straße entlang kam und anhielt, um den Notruf zu tätigen. Das verwirrte Mädchen im verunglückten Auto hatte irgendwann aufgehört zu weinen und war in eine Schockstarre verfallen. Der Seelenfänger blieb jedoch nicht, bis die notwendige Hilfe eintraf, sondern folgte wieder dem Ziehen, das in seinem Inneren erneut zu einem hungrigen Monster heranwuchs.

***

»Deine Eltern waren zufrieden, als ich sie mitnahm«, sagte der Seelenfänger ohne einen Hauch von Mitleid oder irgendeinem anderen Gefühl in der Stimme. Ich wollte ihn anschreien, ihn verfluchen und ihn hassen, aber ich war von seiner Teilnahmslosigkeit so geschockt, dass mir kein Wort über meine bebenden Lippen kam. Er hatte mir meine Eltern einfach so weggenommen und sie sollen auch noch zufrieden gewesen sein, ihre kleine Tochter auf der Erde zurückzulassen? Das konnte ja nicht sein Ernst sein!

Im Vergleich zu sonst, gab ich mir keine Mühe, meine Tränen zurückzuhalten. Stattdessen rannen sie mir wie ein kleiner Wasserfall über die erhitzten Wangen und endeten mit einem salzigen Geschmack in meinem Mund. In meinem Kopf wirbelten meine Gedanken wild durcheinander und wiederholten sich immer wieder. Er nahm mir meine Eltern, zeigte dabei keinerlei Reue und jetzt musste ich zu dem mordenden Monster werden, das er war. Ich wollte das nicht, definitiv nicht, aber die Angst, die er mit eingejagt hatte, hatte mich aufhören lassen zu widersprechen. Ein so starkes Gefühl sorgte dafür, dass ich schwieg, obwohl ich schreien wollte, dass ich nachgab, obwohl ich mich widersetzen wollte und dass ich auch meine sonstigen Verhaltensmuster ablegte. Der Drang zu überleben war einfach stärker als jedes Gefühl, auch wenn manch einer sagte, Liebe würde alles schaffen. In diesem Fall rettete mich nicht einmal die Liebe zu meinen Eltern vor dem sicheren Tod.

»Rede nicht über sie«, fauchte ich stattdessen nur, wobei ich die warnende Stimme in meinem Kopf einfach ignorierte. Auf keinen Fall würde ich ihm erlauben, über meine Eltern zu reden, nachdem er sie mir genommen hatte. Angst hin oder her, ich würde ohnehin sterben und er konnte mir nichts tun. Wie ich ihn bisher kennen gelernt hatte, würden ihn meine Worte aber ohnehin nicht interessieren.

Er seufzte schwer, als hätte er einen anstrengenden Tag gehabt, bevor er durch die geschlossene Tür glitt.

Sobald der Seelenfänger verschwunden war, stieg die Temperatur im Raum gleich um gefühlte zehn Grad, sodass ich von einer plötzlichen Hitzewelle gepackt, die Decke zur Seite schlug. Eine weitere Eigenschaft, die ich am Seelenfänger nicht mochte, da ich ohnehin schon oft genug fror. Ich fragte mich kurz, ob ich die Kälte, die er mit sich brachte, selber spüren würde, wenn ich seine Aufgabe übernahm. Noch bevor ich weiter darüber nachdenken konnte, schüttelte ich den Gedanken schnell wieder ab. Ich würde seine Aufgaben nicht erfüllen!

Plötzlich packte mich wieder die Trauer um meine Eltern, als der betäubende Effekt der Angst nachließ und dieses Mal weinte ich bitterlich. Meine Tränen rannen über die Wange statt langsam an ihr hinab zu laufen, wie sie es sonst taten. Ich schluchzte und hielt mir die Hände vor das Gesicht, statt schweigend und lautlos zu trauern. In meinem Inneren verzehrte mich der Schmerz, während ich in Trauer versank. Ich kratzte wie verrückt über mein Dekolletee und über meine Brust, als könnte ich somit das Gefühl in mir heraus reißen, aber ich steigerte mich nur weiter hinein. Es war eine endlose Spirale, die ich alleine nicht mehr unterbrechen konnte, und es war niemand da, um mir zu helfen. Ich nahm mein kühles Handy vom Nachttisch und tat das, was mein Körper über die Jahre gelernt hatte.

»Hey Jill, kannst du vorbei kommen? Bring Laptop und Filme mit.«

Hoffentlich würde sie schnell antworten, sonst wusste ich nicht, wie ich diesen Tag alleine überstehen sollte. Wenigstens würde mich ein Film und Jills Anwesenheit von all den Problemen ablenken, die mich im Moment belasteten und der Seelenfänger *war* ein Problem. Ich überlegte angestrengt, ob ich eventuell vor ihm weglaufen konnte, ob er mich vielleicht nicht mehr finden würde, wenn ich einfach schnell das Krankenhaus verließe und umzog. Ich verwarf den Gedanken aber schnell wieder, denn Jill alleine zu lassen, kam für mich nicht in Frage, egal was das für mein Leben bedeutete. Jedenfalls nicht, solange ich darüber entscheiden konnte. Sie war diejenige, die mich auffing, wenn es mir schlecht ging, die mich aufheiterte, wenn ich traurig war und die mich trotz ihrer zierlichen Figur stets verteidigt hatte.

Mein Handy vibrierte in meiner Hand und ich las die Nachricht von Jill, ohne sie zu öffnen. Ich müsste zwar eine Stunde noch alleine zurechtkommen, aber immerhin würde sie genügend Filme mitbringen. Ich seufzte schwer, bevor mein Blick auf meine kurze Liste fiel. Sebastian Erding. Vielleicht war er dumm genug genügend Informationen auf seiner Facebook Seite zu posten, um herauszufinden, wo er wohnte oder sich öfters aufhielt. Zuzutrauen war es ihm, denn außer seinem guten Aussehen und Geld, hatte dieser Junge einfach nichts zu bieten. Es dauerte nicht lange bis ich ihn bei Facebook gefunden und ihm prompt eine Nachricht geschrieben hatte.

»Hey Sebastian, wie geht es dir? Wir haben uns schon lange nicht mehr gesehen und es wäre schön, sich nochmal zu treffen.«

Das war zwar gelogen, aber er hatte es verdient und ich war der Meinung, jemand musste ihm sagen, dass man so keine Menschen behandelte. Ich war gespannt, wie lange es dauern würde, bis ich eine Antwort hätte und rieb mir voller Vorfreude die Hände. Würde mich jetzt eine Krankenschwester sehen, wie ich hier grinste wie eine Irre, würden sie mich vermutlich direkt einweisen.

Die Zeit, bis Jill endlich wild an meine Zimmertür klopfte und, ohne abzuwarten, hereinstürmte, vertrieb ich mir damit im Internet zu surfen.

»Was ist passiert? Geht's dir gut?« Ihre Stimme klang aufgeregt und ihre Augen waren vor Sorge weit aufgerissen. Ihre zierliche Hand drückte meinen Arm so fest, dass es wehtat, daher tat ich mein Bestes, die Situation möglichst schnell zu entschärfen.

»Jill beruhig dich. Ich vermisse nur meine Eltern«, sagte ich, als würde ich sie nur gerade darüber aufklären, dass eine schlimme Krankheit gar keine schlimme Krankheit war. Denn wenn ich ehrlich zu mir selber war, sagte ich diese zwei Sätze bereits seit Jahren wie ein festes Ritual, obwohl sie mir jedes Mal den Boden unter den Füßen wegrissen. Kurz wurde meine Sicht verschwommen, weil sich Tränen in meinen Augen sammelten, aber Jill wusste bereits, was geschah und drückte mich schnell in eine sanfte Umarmung.

»Ich weiß«, hauchte sie und wirkte dabei, als würde sie den gleichen Schmerz, die gleiche Leere spüren wie ich. Statt mir zu helfen, sorgte ihr Mitgefühl dafür, dass ich die Beherrschung verlor und die Tränen doch über meine Wangen liefen. Schon wieder.

Es dauerte eine Weile, bis die letzten Tränen in einer salzigen Spur auf meiner Haut versiegt waren und ich befürchtete, dass Jill total verkrampft sein würde, weil sie mich nicht eine Sekunde losgelassen hatte.

»Jill?«, fragte ich zögerlich und war mir nicht ganz sicher, ob sie gerade ebenfalls geweint hatte oder das Schluchzen mein eigenes gewesen war. Zaghaft löste sie sich von mir und sah mich mit Rot umrandeten Augen an.

»Es tut mir so leid.« Auch sie sagte diese Worte seit Jahren jedes Mal nach so einer Situation, als wäre das ihr Ritual.

Einen Moment nahm sie sich Zeit, mich zu betrachten und machte dabei den Eindruck, als wolle sie sichergehen, dass ich in Ordnung war. Dieser Anblick entlockte mir ein schmales Lächeln, denn ich war sonst diejenige von uns beiden, die sich um Jill sorgte. Das reichte ihr offensichtlich aus, denn augenblicklich formte sich ein breites Lächeln auf ihrem Gesicht und ihre Augen wurden vor Aufregung ganz groß, als sie die lange Liste an Filmen aufzählte, die sie mitgebracht hatte.

Schließlich hatten wir uns einheitlich für "Vampire Academy" entschieden, weil Jill total auf Fantasiefilme abfuhr, und ich musste zugeben, dass der Film nicht ganz übel war. Irgendwie erinnerte er mich an mich selbst, wie ich Jill all die Jahre vor gemeinen Jungs beschützt hatte. Sie klebte förmlich am Bildschirm des Laptops, so wie sie es immer tat und ausnahmsweise lenkten mich ihre Anwesenheit und der Film tatsächlich etwas von den vergangenen nervenaufreibenden Tagen ab.

Wir schauten uns einen Film nach dem anderen an, bis ich vor Müdigkeit in einen tiefen Schlaf fiel und nichts mehr mitbekam. Irgendwann hatte Jill wohl alle mitgebrachten Sachen wieder zusammen gepackt und war nach Hause gefahren, denn als ich mitten in der Nacht wach wurde, war es erdrückend still und niemand war da. Ich hatte im Traum immer wieder die leuchtend grauen Augen des Seelenfängers gesehen und als ich schließlich in Dunkelheit getaucht wurde, wurde ich aus dem Schlaf gerissen. Meinen Schrei konnte ich nur mit Mühe unterdrücken, indem ich mir schnell die flache Hand auf den Mund schlug. Vermutlich würde ich mich nie daran gewöhnen, dass der Seelenfänger einfach bei mir im Zimmer stand.

»Kannst du nicht wie normale Menschen an die Tür klopfen, bevor du herkommst?«, beschwerte ich mich noch im Halbschlaf.

»Was willst du eigentlich immer hier? Ich werde immerhin noch einige Tage hier bleiben müssen. Hast du denn nichts zu tun?«, wollte ich als Nächstes wissen, denn ich ging eigentlich davon aus, dass der Tod einen Fulltimejob hatte, bei der hohen Anzahl an Menschen, die ständig starben.

Kapitel 8

„Manche Menschen, die uns begegnen,
verändern uns, ohne dass wir es merken."

Seine schwach glühenden Augen ruhten auf mir, als hätte er alle Zeit der Welt und ich suchte im Zimmer nach irgendetwas, nur um ihn nicht ansehen zu müssen.

»Mir bleibt nicht mehr viel Zeit und ich muss dich noch in alle Aufgaben einweihen.«

Ok, er hatte wohl nicht alle Zeit der Welt. Ich schluckte schwer, denn ich hatte dieses unbeliebte Thema gerade erst mehr oder weniger erfolgreich aus meinem Kopf verdrängt und jetzt fing der Seelenfänger einfach wieder damit an.

»Doch nicht mitten in der Nacht«, beklagte ich mich. Ich war wirklich müde und hatte schon eine Weile nicht mehr richtig geschlafen. Während ich mich widerstrebend in meinem Bett aufsetzte, um richtig wach zu werden, regte sich der Seelenfänger nicht und verzog nicht einmal einen einzigen Muskel in seinem Gesicht. Daran würde ich mich wohl auch nie gewöhnen, aber ich musste wahrscheinlich erst einmal einsehen, dass er kein Mensch war, damit ich ihn nicht ständig mit einem verglich. Es gab auch früher schon Menschen, die ich für emotionslos gehalten hatte, aber jetzt da ich den Seelenfänger aus dem Augenwinkel beobachtete, wusste ich, dass sie sehr wohl welche hatten. Er hingegen war leer.

»Werde ich auch so emotionslos wie du werden, wenn ich deine Rolle einnehme?«

Noch während die Worte über meine Lippen kamen, erinnerte ich mich schnell daran, dass ich seine Rolle nicht übernehmen würde. Doch trotzdem brannte die Neugier in mir und mein Gehirn versuchte noch immer verzweifelt, alles zu verstehen.

Ich *musste* alles verstehen.

Lange schwieg der Seelenfänger und sah mich nur an, als hätte ich die Antwort für ihn und er warte darauf, dass ich sie ihm verriet. Als er dann endlich anfing zu sprechen, war mein Puls so hoch, dass mir schon schummrig wurde und ich blinzeln musste.

»Du wirst nächste Woche entlassen, dann fangen wir mit den Aufgaben an." Mir klappte der Kiefer herunter und es dauerte einen Moment, bis ich seine Worte verarbeitet hatte.

»Du könntest zur Abwechslung auch einfach mal auf meine Fragen antworten, statt immer wieder an deine doofen Aufgaben zu denken«, grummelte ich zurück, denn obwohl ich wütend war und ihn dies auch wissen lassen wollte, war ich doch zu müde, um mich wirklich aufzuregen. Außerdem hasste ich seine schnellen Themenwechsel, während ich sie bei Jill liebte.

Seine blöde Aussage tat ich als Ausrede ab, um mich abzulenken. Es war unmöglich, nächste Woche schon entlassen zu werden. Ich war erst wenige Tage hier.

Er nickte nur steif, weil es für ihn scheinbar völlig bedeutungslos war, daher legte ich mich seufzend und frustriert über die Ausweglosigkeit meiner Situation wieder hin. Im Zimmer war es absolut still und ich lauschte meinem regelmäßigen Atmen, bis es mich irgendwann wieder in den Schlaf wiegte.

Eine lange Woche verging, in der ich den Seelenfänger kaum sah und wie er prophezeit hatte, hatte mir der Arzt erst heute Vormittag die Entlassungspapiere gegeben, nachdem er immer wieder von einer Wunderheilung gesprochen hatte. Tatsächlich hatte ich schon längst keine Schmerzen mehr und konnte mich daher auch gegen weitere Untersuchungen für den Grund dieser Heilung verbal wehren. Ich hatte mit einem breiten Grinsen im Gesicht gleich Jill angerufen und sie gebeten mich abzuholen.

Eine Stunde später klopfte es aufgeregt an der Zimmertür und Jill kam freude-strahlend herein. Nachdem ich ein gefühltes halbes Leben im Krankenhaus rum-gelegen hatte, durfte ich dann endlich das sterile, weiße Zimmer wieder verlassen. Während ich darauf bestanden hatte, meine wenigen Sachen eigenständig zusammenzupacken, hatte Jill es sich auf einem der alt aussehenden Stühle bequem gemacht und klebte gebannt an ihrem Handy. Sie grinste den Bildschirm an, als würde sie sich darauf einen witzigen Film anschauen, aber ich vermutete, dass es sich eher um eine Unterhaltung mit Christian handelte. So hatte ich sie noch nie erlebt.

»Wie läuft es denn zwischen euch und wann stellst du mir deinen zukünftigen Ehemann vor?«, neckte ich sie wissend und hatte sichtlich Erfolg, als ich ihr rot anlaufendes Gesicht betrachtete, bevor ich die restlichen T-Shirts in meine Tasche stopfte.

»Ganz gut«, brachte sie schüchtern heraus und schaute sofort wieder auf ihr Handy, als es in ihren zierlichen Händen vibrierte.

»Er wollte morgen Abend etwas trinken gehen. Ich habe ihm gesagt, dass ich dich mitbringe«, klärte sie mich über unsere Wochenendplanung auf und ich musste zugeben, dass ich es ein wenig vermisst hatte, von ihr in Dinge eingeplant zu werden, von denen ich noch gar nichts wusste.

»Na dann lass uns mal schnell zu mir nach Hause, damit ich auch noch die Zeit mit Bo nachholen kann. Er wird verdammt sauer sein«, sagte ich und warf mir den Gurt der Tasche über die Schulter.

Natürlich nahmen wir den Aufzug, denn obwohl mein Bein ausgezeichnet verheilt war, wie der Arzt es nannte, war es immer noch seltsam, wieder mein ganzes Gewicht darauf zu verlagern, und ich war mir ziemlich sicher, dass ich keinen besonders eleganten Anblick bot.

»Wird das wieder richtig verheilen?«, fragte Jill besorgt und warf einen kritischen Blick auf mein Bein, als würde ich jeden Moment zusammenbrechen.

»Es wird eine Weile dauern, aber die Ärzte sagen, dass ich großes Glück hatte und keine bleibenden Schäden zurückbleiben werden«, gab ich fröhlich zurück und lehnte mich entlastend an die Fahrstuhlwand, während ich das schreckliche Kribbeln in meinem Bauch ignorierte. Das beruhigte Jill zumindest so weit, dass sie wieder gefesselt an ihrem Handybildschirm klebte und mir somit ein Lächeln entlockte.

Auf dem Weg nach draußen, fragte ich beiläufig nach Emma und Tobias, aber nach einem entschuldigenden Blick von Jill, gab ich mir die Antwort selber.

»Vermutlich arbeiten, wie immer.« Ich kannte niemanden, der so viel arbeitete, wie diese zwei Menschen, doch sie waren keinesfalls Workaholics. Seit meine Eltern tödlich verunglückt waren, hatten sie versucht so wenig Zeit wie möglich mit Trauern zu verbringen. Ich überlegte oft, wie sehr sie unter dem Verlust ihrer langjährigen Freunde litten, aber ich wagte nie danach zu fragen.

»Aber sie laden uns Sonntag zum Essen ein«, verkündete Jill unbekümmert und ich hatte die wage Vermutung, dass sie bereits die nächsten Wochen für uns beide verplant hatte, um die vergangenen Tage nachzuholen. Meine Mundwinkel zuckten zu einem Lächeln.

»Aber vor heute Abend möchte ich unbedingt einen richtigen Kaffee, eine heiße Dusche und ein bisschen Zeit mit Bo verbringen«, forderte ich schnell ein, bevor Jill mir mitteilte, dass wir noch etwas anderes vorhatten. Sie hingegen warf mir einen grimmigen Seitenblick zu, als ich Bo in meiner kurzen Forderung erwähnte.

»Dieser gemeingefährliche Kater! Ich frage mich bis heute, warum du dir dieses fette Wollknäul angeschafft hast«, beschwerte sie sich und rieb sich abermals über die lädierten Arme, die Bo ihr zerkratzt hatte. Vermutlich wollte Jill wütend aussehen, aber sie sah aus wie ein kleiner Fuchs, der gerade von einem Kaninchen an der Nase herumgeführt worden war. Noch bevor ich es unterdrücken konnte, lachte ich laut drauf los und erntete dafür seltsame Blicke der alten Leute, die uns entgegenkamen. Erst versuchte Jill verzweifelt mich zum Schweigen zu bringen, damit uns die Leute nicht so ansahen, aber dann stimmte sie in mein Lachen ein.

Ich hatte schon ein paar tolle Momente in meinem Leben gehabt, aber es war ein wunderbares Gefühl nach einem langen Krankenhausaufenthalt endlich wieder die Tür zu seinen eigenen vier Wänden aufzuschließen. Hinter der verschlossenen Tür hörte man bereits Bo begrüßend miauen, wie er es immer tat, wenn ich nach Hause kam. Während ich mich freute wie ein kleines Kind, hatte Jill sich hinter mir versteckt und lugte an meiner Schulter vorbei. Die Holztür ging auf und der dicke, rote Kater saß im Eingang, als wäre er der Türsteher.

Als er mich ansah, sträubte sich sein Fell und er fauchte, als würde er in mir einen Hund sehen, denn die mochte er überhaupt nicht. Ich ging langsam in die Hocke und streckte die Hand vorsichtig nach ihm aus. Ein Knurren entschlüpfte ihm, bevor er panisch wegrannte und Jill hinter mir quiekte.

»Er wird sich schon wieder an mich gewöhnen«, sagte ich gelassen und ging zielstrebig in die Küche, um die Kaffeemaschine einzuschalten. Im Flur hörte man ein Klicken und dann Jills Beschwerden über meinen launischen Mitbewohner.

»Ich sagte doch, man darf ihm nicht trauen.« Mit einem kleinen Sprung setzte ich mich auf die Küchenzeile und genoss das gluckende Geräusch, welches die Kaffeemaschine von sich gab. Es hatte etwas Normales und es fühlte sich gut an. Jill schnappte sich ein Glas Leitungswasser und ließ sich gegenüber von mir auf dem Stuhl am kleinen Frühstückstisch nieder.

»Trink doch lieber mal mehr Wasser«, schlug sie vor und sah mich fordernd an.

»Im Kaffee ist auch ganz viel Wasser«, argumentierte ich siegessicher und suchte in meiner Kühltruhe nach einer Tiefkühlpizza. Nach dem langen Aufenthalt im Krankenhaus brauchte ich dringend eine warme Mahlzeit, die etwas Geschmack hatte. Mit einem breiten Grinsen im Gesicht präsentiere ich Jill meinen Fund und sie rollte die Augen.

Trotzig schob ich die Pizza in den Ofen und wartete sehnsüchtig darauf, dass sie einigermaßen braun wurde, um sie zu essen. Dankbar, dass diese Fertigprodukte nie lange brauchten, verdrückte ich fast die ganze Pizza, während Jill nur ein kleines Stück wollte. Ich lehnte mich zufrieden und kugelrund auf dem Stuhl zurück und grinste dämlich vor mich hin. Jill schüttelte nur den Kopf, sodass ihr roter Langhaarbob um ihr Gesicht tanzte, und hätte in meinen Augen auch glatt eine strenge Kunstlehrerin sein können.

Ich hatte völlig vergessen, wie gut es sich anfühlte, in der eigenen Dusche zu sein, daher stand ich länger unter dem warmen, prasselnden Wasser als ich es sonst tat. Nachdem ich endlich fertig war und aus der Duschkabine stieg, betrachtete ich mich selber im Spiegel. Die dunklen Augenringe von eben waren wieder fast verschwunden und ein schwacher Glanz kehrte in meine Augen zurück. Trotzdem lenkte es nicht genug von meinem knochigen Gesicht ab, denn ich hatte die letzten Wochen wenig gegessen, wenig geschlafen und der Seelenfänger hatte meinen Körper und meinen Geist sehr strapaziert. Die Spuren der Erschöpfung waren an jedem Zentimeter meines Körpers deutlich sichtbar und ließen mich fürchterlich krank aussehen.

Der Seelenfänger ... ich hielt einen Moment inne beim Haarekämmen und schob mein Gesicht näher an den Spiegel. Meine Augen hatten immer noch die gleiche Bernsteinfarbe, die sie vorher gehabt hatten und auch sonst sah an mir alles normal aus. Wird er mich hier finden? Insgeheim hegte ich den kleinen Funken Hoffnung, dass doch noch alles gut werden würde.

Bisher hatte der Seelenfänger mich noch nicht besucht, obwohl er sonst fast täglich mindestens ein Mal zu mir gekommen war. Vielleicht wusste er auch gar nicht, wo ich wohnte, und würde sich jemand anderen für seine Aufgaben suchen. Ich hoffte es. Ein lautes Pochen an der Holztür hätte mir beinahe einen Herzinfarkt beschert und riss mich aus meinen tiefen Gedanken.

»Geht es dir gut?« Jill klang ein wenig besorgt und ich fragte mich, wie lange ich tatsächlich schon im Bad war. Kleine Wassertropfen hatten sich bereits an den Kacheln der Wand gebildet und der Spiegel, den ich zuvor frei gewischt hatte, war wieder beschlagen.

»Komme gleich«, rief ich durch die geschlossene Tür und zog mir die neuen Klamotten an, die nicht mehr nach Krankenhaus und Desinfektionsmittel rochen. Als ich meine Haare trocken rubbelnd in der Wohnzimmertür stand, saß Jill auf dem Sofa und kraulte Bo. Moment mal, sie kraulte freiwillig meinen launischen Kater? Und er ließ sich freiwillig von jemand anderen als mir anfassen?

Der dicke, rote Kater hatte es sich auf ihrem Schoß gemütlich gemacht und schnurrte, was das Zeug hielt.

»Wann seid ihr so dicke Freunde geworden?«, fragte ich ungläubig und spürte einen Hauch von Eifersucht in mir.

»Ich weiß es nicht. Er kam plötzlich zu mir auf den Schoß und ich hab erst mit erhobenen Händen gewartet, ob er alleine wieder geht. Dann habe ich versucht, ihn vorsichtig runterzuschieben, aber er schmiegte sich an meine Hände. Ja und jetzt liegt er hier.« Jill schien genauso verunsichert, wie ich es war und traute Bo nach wie vor nicht.

»Vielleicht ist es, weil ich ihn die ganze Zeit gefüttert habe«, fügte sie hinzu und betrachtete das Fellknäuel auf ihrem Schoß, als wäre er eine eklige Spinne. Mit einem Schulterzucken rubbelte ich mir nochmal über die Haare, warf das Handtuch über die Sofalehne und ließ mich neben Jill aufs Sofa fallen.

Wie von einer Biene gestochen sprang Bo auf, fauchte mich warnend an und rannte los. Dabei hatte er es so eilig, dass er etwas über das Laminat rutschte, als er um die Ecke ins Schlafzimmer abbog. Jill hatte einen spitzen Schrei von sich gegeben und sah mich dann mit großen Augen an.

»Was war denn das?«, erkundigte sie sich anklagend. Ich hob unschuldig die Hände.

»Ich habe keine Ahnung, was mit ihm los ist.«

Wir waren erst um 19 Uhr mit Christian verabredet, daher vertrieben wir uns die Zeit bis dahin mit Fernsehen und damit, dass Jill sich über die Uni aufregte. Um 18.30 Uhr schaltete Jill ganz aufgeregt den Fernseher aus und sagte: »Du musst dir was Hübsches anziehen.« Mein Blick wanderte über meine Freundin und erst jetzt bemerkte ich, dass sie sich bereits seit heute Morgen herausgeputzt hatte. Ihre olivfarbene Bluse passte gut zu der hellen, engen Jeans und ihren roten Haaren. Sie hatte sogar Make-up aufgetragen, was für sie eher selten war, da sie auf Natürlichkeit stand und ich vermutete, dass es mit ihr und Christian wirklich ernst war.

Seufzend erhob ich mich aus meiner bequemen Lage vom Sofa und schlenderte in mein Schlafzimmer. Dort öffnete ich den großen Kleiderschrank und griff nach der ersten Bluse, die ich finden konnte. Das würde ja wohl reichen, es ging schließlich nicht um mich.

»Es sieht viel schöner aus, wenn du deine Haare offen trägst«, sagte sie ein wenig betrübt und setzte den Hundeblick auf. Ich schüttelte dennoch den Kopf. »Die stören mich.«

Ihr Handy vibrierte und lenkte sie damit von meinen Haaren ab. Ich beobachtete, wie auf ihrem Gesicht ein breites Lächeln auftauchte und sie hastig eine Nachricht in ihr Handy tippte. Zarte Röte stieg ihr in die Wangen, bevor sie mich wieder ansah.

»Gehen wir?«

Die Bar, in die Christian uns eingeladen hatte, gefiel mir schon von draußen sehr gut, aber die Innenausstattung war noch besser. Bequeme gepolsterte Sessel standen an den kleinen Holztischen mit einer eingearbeiteten Glasplatte oben drauf. Über jeder Sitzgruppe hingen hübsche weiße Lampen, die ein dämmriges Licht spendeten und die Atmosphäre noch gemütlicher machten. Die hölzerne Theke an der Seite war an der unteren Seite mit einem ebenfalls schwachen Licht bestückt und hinter dem Barkeeper wurden die alkoholischen Getränke von einem gelben Licht angestrahlt. Geschmack hatte Christian ja schon einmal.

Obwohl die relativ kleine Bar eher unscheinbar wirkte, war sie dennoch sehr beliebt, wenn man bedachte, dass man kaum durch die Menschenmenge kam. Und auch wenn sie praktisch direkt um die Ecke von meiner Wohnung aus lag, war sie mir noch nie aufgefallen. Jill zerrte mich an der Hand vorbei an all den jungen Leuten und durch die verschwitzte Menge, denn sie wusste offensichtlich genau, wo wir hinmussten. Wir steuerten direkt auf eine kleine Gruppe von Jungs zu und als einer der jungen Männer in unsere

Richtung sah, strahlte sein Gesicht förmlich vor Glück. Meine Vermutung, dass es sich dabei um Christian handelte, bestätigte sich, als Jill direkt neben ihm Platz nahm und sofort enger ran rutschte.

Alle stellten sich gegenseitig vor und Christian schien mir ein sympathischer Mann zu sein, der gut zu Jill passte. Ich nahm gegenüber auf einem leeren Doppelsessel Platz und sah Jill beim Tuscheln mit Christian zu. In meinem Herzen breitete sich eine Wärme aus, die mich glücklich machte und ein Lächeln huschte über mein Gesicht.

»Da bist du ja endlich«, sagte Christian lässig und zeigte auf den Mann, der plötzlich neben mir aufgetaucht war. Dieser streckte mir charmant lächelnd die Hand entgegen und ich nahm sie freundlich entgegen. Doch in dem Moment, als sich unsere Haut berührte, explodierte in mir pure Energie. Überall kribbelte es auf meiner Haut und mich durchströmte pure Lebensfreude. Ich konnte den Blick nicht von seinen grünen Augen abwenden und hörte in meinem Rauschzustand beinahe nicht, was er sagte: »Ich bin Taric.«

Kapitel 9

„Manchmal benötigt es mehr
als nur einen Eindruck,
um hinter die Fassade zu sehen."

Was war das für eine Energie?

»Etwas schüchtern eure neue Freundin«, fügte Taric eingebildet hinzu und grinste seine Kumpels überlegen an, bevor er sich einfach neben mir auf dem freien Platz niederließ, als wäre das schon immer sein Platz gewesen. War es vielleicht ja auch, aber ich saß jetzt hier, also war es meiner. Es dauerte einen Moment, bis die Energie in meinem Inneren verebbt war, nachdem er meine Hand wieder losgelassen hatte.

»Wen nennst du hier schüchtern?«, fauchte ich beinahe wie eine kleine Zicke zurück, obwohl das eigentlich gar nicht meinem Wesen entsprach. Fast im gleichen Moment bereute ich meine Aussage, denn er lachte nur.

Was war nur los mit mir?

Es war untypisch für mich, dass ich keine passende Antwort parat hatte und auch, dass mich die Meinung eines Mannes interessierte. Dennoch saß ich hier und starrte vor mich hin, während die Klänge der Musik sich mit den Gesprächen der Jungs mischten, und grübelte darüber nach, warum Taric eine solche Wirkung auf mich hatte. Allerdings war es noch seltsamer, dass mein Verstand wusste, ich war wütend, während meine aufgewühlten Gefühle eine Mischung aus Freude und Zufriedenheit waren. Ich bemerkte, wie Tarics Blick immer wieder zu mir rüber huschte, doch ich weigerte mich ihn direkt anzusehen. Was war das überhaupt für ein Name? Niemand hieß so! Eigentlich wollte ich darüber gar nicht nachdenken, ich wollte überhaupt keinen Gedanken an Taric verschwenden.

Stattdessen zwang ich mich also, Jills neuen Freund genauer unter die Lupe zu nehmen. Soweit ich es erkennen konnte, war weder seine dunkle Jeans noch sein beigefarbener Pullover von einer bestimmten Marke, dennoch sah er ordentlich und gepflegt aus. Er wusste definitiv, wie er sich zu kleiden hatte, um all seine Vorzüge zu betonen. Der Pullover war jedenfalls eng genug, um seinen gut gebauten Körper sichtbar zu machen. Der karierte Schal und die dunklen langen Haare, die ihm verwegen über die Stirn fielen, rundeten seinen Anblick ab. Sein schmales Gesicht und der viel zu lange, dichte Bart trafen nicht ganz meinen Geschmack, aber er musste ja auch Jill gefallen. Er hatte die gleiche künstlerische Ausstrahlung wie Jill und er passte zu ihr, aber das wichtigste war, dass er sie glücklich machte, was ich am Leuchten in ihren Augen erkannte, wenn sie ihn verliebt ansah.

Mein Blick schweifte durch die Bar und blieb schließlich an Tarics braun gebrannter Hand hängen, die locker auf seinem muskulösen Oberschenkel ruhte. Selbst ohne ihn zu berühren, konnte ich die knisternde Energie spüren, die er ausstrahlte. Es war, als würde ihn ein Mantel aus kleinen explodierenden Funken bedecken, den man nicht sehen konnte. Hoffentlich würde ich diesen Taric nicht mehr wieder sehen müssen, denn er war mir nicht sympathisch und ich war nicht davon überzeugt, dass sich das nochmal ändern würde. Diese Energie verunsicherte mich und das Gefühl der Zufriedenheit ebenfalls. Ich hatte mich noch nie so ... lebendig gefühlt und das fühlte sich falsch an, wenn man bedachte, dass meine Eltern tot waren und ich nur um ein Haar überlebt hatte.

Ich sah mich erneut in der überfüllten Bar um, in der Hoffnung etwas zu finden, auf das sich meine Gedanken stürzen konnten, und sah im Augenwinkel einen dunklen Schatten. Sofort schrillten meine Alarmglocken, weil ich befürchtete, der Seelenfänger würde gleich wieder hier auftauchen, um mich davon überzeugen zu wollen, seine Aufgabe zu übernehmen. Im nächsten Moment war der flüchtige Schatten allerdings wieder weg und doch blieb ein dunkler Schleier, der mich einwickelte. Ich konnte nicht sagen, woher ich das wusste, aber ich spürte, dass mich der Seelenfänger beobachtete, obwohl ich ihn in der Menschenmenge nicht sehen konnte. Es war, als wäre er ein Teil von mir und ich von ihm. Ich schüttelte unbewusst den Kopf, um sowohl den Gedanken als auch das unangenehme Gefühl loszuwerden.

Insgeheim hoffte ich ja immer noch, dass der Seelenfänger mich endlich in Ruhe lassen würde, jetzt da ich nicht mehr im Krankenhaus lag und nicht wegkonnte. Doch tief in meinem Inneren wusste ich, dass ich ihm niemals entkommen konnte, egal wie weit und wie lange ich laufen würde. Der Tod war ja praktisch überall. Wie lange würde es wohl dauern, bis er wieder emotionslos vor mir stehen und mir die Wichtigkeit seiner, beziehungsweise meiner, zukünftigen Aufgabe erklären würde?

»Du siehst aus, als könntest du einen vertragen«, sagte Taric neckend und riss mich aus meinen Gedanken an den Seelenfänger. Er hielt mir ein kleines Glas vor die Nase, das ich dankend annahm, bevor ich die Flüssigkeit runterkippte.

Mich interessierte weder, um welches Getränk es sich in dem Glas handelte, noch dass das Angebot von Taric kam. Da war es schon wieder: Ich fühlte mich gut, wenn er mit mir redete, als wäre er schon immer Teil meines Lebens gewesen. Erst wollte ich mich schon wieder darüber ärgern, dass er diese seltsamen Gefühle in mir auslöste, aber Jill sah mich lächelnd an und sie hatte sich sehr auf diesen Abend gefreut. Da sollte ich mich vielleicht ein bisschen zusammenreißen.

Ich stellte das leere Glas wohl etwas zu hart auf den Tisch, sodass ich mir einige verwirrte Blicke einfing, doch als ich zu Taric aufsah, reichte er mir lächelnd sein eigenes Glas. Gleich darauf verschwand er wieder, um Nachschub zu holen, - zu meiner Freude. Alle in der Runde fingen an zu lachen und auch ich stimmte nach einer kurzen Grimasse mit ein.

Irgendwann hatte ich so viele verschiedene Getränke getrunken, dass mir meine Antisympathie gegenüber Taric völlig egal geworden war und ich herzhaft mit den anderen über seine letzten Geschichten lachte. Kurz darauf verblassten die Vorstellungen seiner Geschichte und wir tranken das nächste Glas. Ich hatte meine Armbanduhr mal wieder vergessen, wie so oft, daher hatte ich absolut keine Ahnung, wie spät es war und aufgrund der Menge an Alkohol, die ich sicher schon getrunken hatte, hatte mich auch mein Zeitgefühl kläglich im Stich gelassen. Die ersten Männer aus der Gruppe hatten sich schon vor einer Weile aus dem Staub gemacht und auch der letzte verabschiedete sich gerade.

»Wir sollten auch Feierabend machen für heute«, sagte

Christian schließlich und schenkte Jill ein warmes Lächeln, sodass sogar ein Blinder seine Liebe erkannt hätte.

»Mira, wäre es in Ordnung, wenn Taric dich nach Hause begleitet? Christian hat mich gefragt, ob ich bei ihm übernachten möchte«, fragte sie schüchtern und wurde gleich wieder rot im Gesicht. Ich grinste über ihre Art, um Erlaubnis zu fragen, obwohl sie das sicher niemals musste. Ich hatte ihr noch nie etwas verboten und das würde ich auch nie, allerdings hatte Jill stets Angst, mich alleine zu lassen und aufgrund des Unfalls, wollte sie noch weniger von meiner Seite weichen.

»Mach dir keine Sorgen, das schaffe ich schon alleine«, gab ich selbstsicher zurück und stellte beim Aufstehen fest, dass ich doch mehr Alkohol getrunken haben musste, als ich dachte. Meine ganze Welt drehte sich - oder vielleicht war ich es auch, die sich drehte, so genau konnte ich das nicht sagen. Schnell sank ich zurück auf den Sessel, atmete tief durch, um mich nicht zu übergeben, und nickte Jill dann zu, damit sie nicht vor Sorge doch noch ihr Date mit Christian sausen ließ.

»Komm«, forderte Taric, half mir auf die Beine und legte meinen Arm direkt um seine Schulter. Aufgrund meiner Verfassung ließ ich das auch bereitwillig zu, aber ich sagte mir selbst, dass ich ihm unter normalen Umständen niemals erlauben würde, mir zu nah zu kommen.

Jill gab mir einen zarten Kuss auf die Wange und Christian sagte ein paar Worte, denen ich kein Gehör schenken konnte, weil ich mich konzentrieren musste, meinen Mageninhalt für mich zu behalten. Ich würde diese Bar nie wieder betreten können, wenn ich nun allen zeigte, dass ich so viel Alkohol nicht vertrug. Dann verließen sie die Bar und ließen mich mit Taric alleine zurück, der mich viel behutsamer durch die Menschenmenge führte, als ich erwartet hatte.

Tagsüber hatte die Frühlingssonne alles auf dieser Erde soweit erwärmt, dass es angenehm war, doch nachts, wenn sie nicht schien, war es immer noch sehr kalt. Das einzig Gute an der kühlen Nachtluft war die Tatsache, dass meine Gedanken allmählich wieder klarer wurden. Ich sah die Dinge immer noch etwas verschwommen, die Welt drehte sich nach wie vor und zu schnelle Bewegungen erzeugten Übelkeit, aber immerhin wurde es langsam besser.

Ich sah Taric von der Seite an und bemerkte, dass er nicht auf den Weg vor uns, sondern zu den Sternen hinauf sah. Irgendwie hatte ich einen völlig falschen Eindruck von ihm bekommen, als er sich früher am Abend vorgestellt hatte. Er hatte wie einer dieser Männer gewirkt, die eine Frau nach der anderen abschleppten. Jetzt hatte er etwas an sich, das mich faszinierte. Er war anders, sein gesamtes Sein strahlte das aus und ich hatte es nicht erkannt. Mein schlechtes Gewissen für meine patzige Art meldete sich sofort zu Wort und drängte mich zu einer kleinlauten Entschuldigung.

»Tut mir Leid, dass ich so unhöflich zu dir war.« Ich spürte, wie sein Blick auf mich fiel, während ich in den Himmel sah und mir wurde warm, obwohl der kühle Wind meine Wangen sanft streichelte.

»Ich habe schon Schlimmeres erlebt.« Seine Stimme war erheitert, keinerlei Wut oder Trauer. Wieder einmal wusste ich nicht, was ich darauf antworten sollte, daher lief ich schweigend neben ihm her. Eigentlich hasste ich die Stille, ich wollte lieber reden, damit meine Gedanken beschäftigt waren, aber mit Taric fühlte sich Schweigen gar nicht mehr so schlimm an.

Der Weg zu meiner Wohnung war nicht weit, aber dank meines betrunkenen Zustands dauerte er eine halbe Ewigkeit, weil ich fast die ganze Zeit über meine eigenen Füße stolperte. Ich befürchtete, dass ich die Nacht neben meiner Toilette verbringen würde, um mich bei ihr darüber zu beschweren, dass ich so viel getrunken hatte.

»Danke, dass du mich nach Hause gebracht hast«, verabschiedete ich mich schüchtern und freute mich insgeheim einfach nur auf eine Mütze Schlaf in meinem bequemen Bett.

»Nichts zu danken, gute Nacht«, antwortete er mit einem Grinsen und machte sich selber auf den Heimweg. Ich war kurz etwas verwirrt darüber, wie simpel er sich verabschiedet hatte, und er machte den Eindruck, als würde er mich in ein paar Stunden wieder sehen. Innerlich schalte ich mich dafür, dass ich eine andere Verabschiedung erwartet hatte.

Stirnrunzelnd und tollpatschig wie immer versuchte ich, trotz der sich drehenden Welt das Schlüsselloch zu finden. Leicht unbeholfen stolperte ich schließlich die Stufen des Treppenhauses nach oben und fluchte jedes Mal, wenn ich Krach verursachte, weil ich fast die Treppen hochflog. Hinter der Tür hörte ich Bo leise miauen, wobei das eher klang, als wäre er gerade aufgestanden und noch nicht richtig wach. Wie sehr ich den fetten Kater während meines Krankenhausaufenthalts vermisst hatte, fiel mir erst jetzt richtig auf. Doch wie am Nachmittag mit Jill fauchte Bo mich an und verschwand dann im Lauftempo ins Wohnzimmer, als ich die Tür öffnete. Ein leiser Seufzer entfuhr mir, aber ich war zu müde und betrunken, um ihm eine Ansage zu machen, dass er sich demnächst sein Futter selber in den

Napf machen konnte. Also ging ich schnurstracks ins Schlafzimmer, ließ meine Handtasche auf den Boden fallen, zog alles bis auf Unterwäsche aus und huschte unter die Bettdecke. Plötzlich waren meine Augen viel zu schwer, um sie offen zu halten, und mit einem letzten Gähnen schlief ich ein.

Am nächsten Morgen wurde ich von einem nervtötenden Miauen geweckt und selbst nachdem ich meine ganzen Kissen -und ich hatte einige in meinem Bett- nach dem dummen Kater geworfen hatte, gab er keine Ruhe. Mürrisch öffnete ich erst ein Auge, um die Situation zu überprüfen, und stellte fest, dass Bo vor meinem Bett saß und mich ansah. Vielleicht würde er mich ja noch ein paar Minuten schlafen lassen, doch sobald mein Auge wieder zufiel, miaute er erneut.

»Ist ja gut, ist ja gut«, beschwerte ich mich genervt, während ich aus dem warmen, gemütlichen Bett stieg und mir meinen Morgenmantel anzog. Ich warf einen letzten sehnsüchtigen Blick auf mein bequemes Kissen und seufzte schwer, bevor ich in die Küche schlurfte, wo Bo bereits mit allem schmuste, was es dort gab. Anscheinend hatte er sich wieder beruhigt und sich daran erinnert, welche Hand ihn hier fütterte, doch als ich mit der Nassfutterdose in die Hocke ging, um seinen Napf zu füllen, versteckte er sich unter dem Frühstückstisch.

»Heute und morgen gibt es für dich nur noch Trockenfutter! Mal sehen, ob du dann immer noch so frech bist.« Er sah mich nicht einmal an und ich fühlte mich von meinem eigenen Kater verarscht.

Normalerweise würde ich sofort die Kaffeemaschine einschalten, doch heute entschied ich mich dank der starken Kopfschmerzen eher für eine Aspirin in einem großen Glas Wasser. Das Frühstück ließ ich heute ebenfalls ausfallen, denn vermutlich wäre mein Magen da anderer Meinung als ich. Nachdem ich mein Handy aus meiner Handtasche gekramt hatte, ging ich mit meinem Glas ins Wohnzimmer und ließ mich dort auf das Sofa fallen. Ich schaltete das Display ein und verschluckte mich prompt, was in einem heftigen Hustenanfall endet.

»12:30Uhr?« Wann war ich denn bitte ins Bett gegangen, dass ich so spät erst wach wurde? Und natürlich hatte ich auch 3 Nachrichten und 2 Anrufe von Jill, die sich Sorgen machte, dass mir etwas passiert war, denn ich war nicht unbedingt der Langschläfer. Ich schrieb ihr schnell eine Nachricht zurück, damit sie wusste, es ging mir gut, worauf sie sofort erleichtert antwortete.

»Gott sei Dank, geht es dir gut. Ich dachte schon, dir wäre noch etwas zugestoßen gestern.«

Ihre schuldbewussten Worte, die ich sogar in der Textnachricht deutlich erkannte, entlockten mir ein Lächeln, so wie immer. Ich legte das Handy zur Seite und schloss einen Moment meine brennenden Augen.

Es dauerte einige Minuten, bis die Aspirin wirkte und meine Kopfschmerzen von einem schmerzhaften Pochen zu einem unangenehmen Pulsieren wurden. Vielleicht würde mir eine Runde Joggen und frische Luft guttun, daher zog ich mir schnell meine Jogginghose, ein Top und eine Sweatshirt Jacke an und verließ die Wohnung. Außer-dem war mein Bein soweit erholt, dass ihm ein bisschen Bewegung sicher guttun würde. Heute war es bewölkt und die Sonne schaffte es nicht, sich gegen die dichten Wolkendecken durchzusetzen, was mich allerdings nicht daran hinderte, meine übliche Laufstrecke durch den Park in der Nähe, zu nehmen.

Meine Muskeln waren an die Anstrengung gewöhnt, daher lief ich eher automatisch, denn wirklich bewusst, während die kalte Luft in meinen Lungen brannte. Plötzlich tauchte Taric in meinen Gedanken auf und ich ärgerte mich, dass er mir nicht mehr aus dem Kopf ging, obwohl er nicht wirklich etwas getan hatte.

Ich erinnerte mich an die prickelnde Energie, die mich durchflutet hatte, als er meine Hand berührt hatte. In diesem kurzen Moment fühlte ich mich lebendig, als wäre der Teil, der mit meinen Eltern gestorben war, wiederbelebt worden. Was Jill in all den Jahren nicht geschafft hatte, hatte Taric in einer Sekunde geschafft und das war auch der Grund, warum meine Gedanken sich mit ihm beschäftigten. Ich war nicht verliebt, nicht mal angetan von ihm, aber diese kleine aber wichtige Tatsache fesselte mich. Wie hatte er das gemacht? Diese Frage wurmte mich und dass ich darauf keine logische Erklärung fand, machte die Sache nicht gerade besser.

Ich hatte die alte, verwitterte Holzbank im Park erreicht, an der ich üblicherweise eine Pause einlegte und die Stille genoss. An einem so bewölkten Tag waren keine Spaziergänger oder Familien unterwegs, sodass ich die Einzige war, die sich den ruhigen See heute ansah. Meine Gedanken verloren sich im Nichts und ich war dankbar, dass das

Chaos in meinem Kopf für einen kurzen Moment zur Ruhe kam.

»Du betrachtest die Welt mit anderen Augen.« Ich zuckte erschrocken zusammen, denn ich hatte das Erscheinen des Seelenfängers nicht bemerkt. Nun saß er neben mir, als wäre er nie wo anders gewesen und betrachtete ebenfalls den See.

»Wie meinst du das?«, fragte ich ehrlich interessiert, nachdem ich den kurzen Schock verdaut hatte und seine Aussage mein Gehirn erreicht hatte. Ich war dieses Mal nicht im Geringsten darauf aus, mit ihm zu streiten und hoffte, die Antwort würde das Chaos in meinem Inneren wieder ordnen. Ich wollte wirklich wissen, was an mir so besonders war, dass ich diejenige war, die er auserwählt hatte.

Was hatte ich an mir?

Kapitel 10

„Für die wichtigsten Dinge
braucht man keine Augen,
um sie zu sehen."

»Die Verbindung, die du zur Welt spürst, zum Leben und zum Tod gleichermaßen, macht dich so besonders. Du siehst mehr, als die anderen Menschen. Nicht mit den Augen, sondern mit deiner Seele. Du siehst das große Ganze, wie ihr Menschen gern sagt und du siehst die Kreisläufe, aus denen alles besteht, ohne es bewusst zu wissen. Während alles deinem Verstand noch verborgen war, hatte deine Seele bereits eine tiefe Verbindung.«

Ich runzelte die Stirn, während ich über seine kryptischen Worte nachdachte und sie verarbeitete. Schließlich entschlüpfte mir nur ein »Hm«, denn ich wusste nicht, was ich auf diese Aussage antworten sollte. Natürlich erklärte das noch lange nicht, warum ausgerechnet ich seine Nachfolgerin werden sollte, denn ich war überzeugt, dass es noch mehr Menschen gab, die so waren wie ich.

»Es gibt noch andere, die so denken wie ich«, sprach ich meine Gedanken schließlich laut aus, obwohl ich bisher ehrlich gestanden noch niemanden wie mich getroffen hatte.

Nun drehte der Seelenfänger sein Gesicht zu mir und seine leuchtend silbernen Augen bohrten sich direkt in meine. Sie brachten meine Gedanken zum Schweigen wie so oft, während er ganz klar und sachlich wie immer war.

»Sicher. Doch wie in der Natur, wo viele Zufälle zusammentreffen, damit etwas Neues entsteht, so ist es auch bei dir.« Er machte eine kurze Pause und ich wollte ihm schon eine Ansage machen, warum er denn nun von der Natur sprach, doch er kam mir zuvor. »Viele Faktoren treffen in dir zusammen. Du bist mir damals entkommen, dadurch hast du eine natürlich Verbindung zu mir, stehst auf der Schwelle des Todes. Deine Seele ist stark und die dunkle Essenz verzerrt sich nach Stärke, sie nährt sich von ihr. Das sind die zwei wichtigsten Faktoren. Und der dritte Faktor ist, dass sich die dunkle Essenz ihre Wirte aussucht. Warum sie sich eine bestimmte Person aussucht, kann selbst ich dir nicht erklären.«

Er wandte das Gesicht wieder zum See und ich tat es ihm gleich. Nun wusste ich, warum ich es war, aber das hieß noch lange nicht, dass ich das akzeptieren wollte oder vielmehr konnte. Ich knabberte mir auf der Lippe herum, ohne dabei wirklich an irgendwas Bestimmtes zu denken und beobachtete, wie die winzigen Regentropfen auf die glatte Wasseroberfläche tropften.

Da die Baumkrone über unseren Köpfen den leichten Nieselregen auffing, wirkte es, als säßen wir unter einem riesigen Schirm. Ich hatte schon oft unter diesem Baum gesessen, wenn es geregnet hatte, aber mit dem Seelenfänger hier zu sitzen, gab der Situation eine ganz andere Wirkung. Es fühlte sich an, als gehörten wir beide nicht zu dieser Welt, als könnte sie uns nicht erreichen, obwohl wir von ihr umgeben waren.

Nicht von dieser Welt ...

Streng genommen war der Seelenfänger nicht von dieser Welt oder zumindest nicht sichtbar für die Welt der Menschen. Und ich? Was war ich? War ich noch ein Mensch oder etwas anderes? Ich konnte es nicht sagen. Ich fühlte mich immer noch menschlich, aber ich spürte ebenso dieses Etwas in mir, das immer mehr zu wachsen schien. Würde ich als Mensch sterben, bevor ich zum nächsten Seelenfänger wurde?

Unwillkürlich sah ich vor meinem inneren Auge, wie Jill an meinem Grab auf die Knie fiel und ihre Tränen auf das grüne Gras tropften. Ich sah den schmerzerfüllten Blick meiner Pflegeeltern und die geröteten Gesichter meiner Kollegen. Es gab so viele Menschen, die um mich trauen würden, und ich wollte das keinem von ihnen antun.

Ich wollte nicht sterben und sie alleine lassen!

Plötzlich stand ich entschlossen auf, während sich Wut in mir anstaute und machte meine Meinung zu der Situation ganz deutlich.

»Ich werde nicht dein Nachfolger werden, ich werde nicht sterben und ich werde schon gar nicht für den Tod von Milliarden Menschen verantwortlich sein!«

Ursprünglich wollte ich ihn anschreien, stattdessen war meine Stimme fast ein Flüstern, doch selbst mir war der schneidende Ton bewusst. Meine Hände waren zu Fäusten geballt und meine Nägel gruben sich unbewusst in das Fleisch, bis es schmerzte. Ich schluckte kurz, weil ich den Seelenfänger damit nicht verärgern wollte, doch sein ruhiger Blick blieb auf den See gerichtet. Vielleicht war dies die Ruhe vor dem Sturm, daher entschied ich mich dafür, mich schnell auf den Heimweg zu machen. Nach den ersten Schritten hörte ich die Worte des Seelenfängers.

»Du kannst dich nicht dagegen wehren.« Ich war kurz stehen geblieben und hatte mich umgedreht, während sich seine silbernen Augen in meine bohrten. Dann rannte ich los.

Zu Hause angekommen, war ich völlig aus der Puste, weil ich das letzte Stück gesprintet war und musste mich einen kurzen Moment auf meinen Knien abstützen. Ich wollte vor diesem Treffen weglaufen, vor seinen Worten, aber sie verfolgten mich in meinem Kopf. Als ich wieder einigermaßen zu Atem gekommen war, ging ich hoch in meine bescheidene Wohnung, um dort erneut auf einen übelgelaunten Kater zu treffen. Vor meinem Aufenthalt im Krankenhaus war ich mir nicht mal sicher gewesen, ob Bo überhaupt fauchen konnte, denn er hatte es nie getan. Er war eher einer der Kater, mit denen man alles machen konnte und die einen immer noch tiefenentspannt ansahen nach dem Motto: „Ist gerade irgendwas passiert?" Doch seit ich wieder zu Hause war, ging er mir aus dem Weg, sofern es nicht ums Futter ging.

Kopfschüttelnd und ein wenig enttäuscht über die fehlenden Kuscheleinheiten mit dem dicken Wollknäuel, ging ich ins Bad. Mühselig streifte ich die nassen Sportklamotten ab, warf sie in den Wäschekorb und stellte mich unter die Dusche. Das heiße Wasser entspannte zwar nicht meine Muskeln, wie ich es gehofft hatte, aber es entspannte meine Seele und meine Gedanken und wärmte meinen vom Regen ausgekühlten Körper. Irgendwann ließ ich mich auf dem Boden der Duschkabine gleiten und lauschte den prasselnden Wassertropfen auf meinem Kopf.

Unbewusst strich ich mit den Fingern über meine Arme und als es mir schließlich bewusst wurde, fragte ich mich, ob man die Änderung, die ich im Inneren spürte, auch äußerlich sehen konnte. Daher stellte ich das Wasser ab, trat aus der Duschkabine vor meinen Spiegel und betrachtete mich mit gerunzelter Stirn. Auf den ersten Blick konnte ich nichts Ungewöhnliches erkennen: Meine sonst gewellten, braunen Haare hingen platt neben meinem Gesicht und tropften den kleinen Teppich unter meinen Füßen voll. Meine Haut wirkte etwas blasser als sonst, aber das schob ich auf den viel zu langen Winter und meinen Aufenthalt im Krankenhaus während der ersten Frühlingstage. Ich beugte mich näher zum Spiegel und sah mir meine Augen an. Nichts Besonderes, nur das gleiche Bernsteingold wie immer. Keine äußere Veränderung, nichts. Trotzdem blieb ich noch eine gefühlte Ewigkeit vor dem Spiegel stehen und betrachtete mein Spiegelbild, als wäre es irgendeine spannende Doku.

Plötzlich hörte ich mein Handy im Wohnzimmer klingeln, wickelte daher ein Handtuch um meinen Körper und ging in das Zimmer nebenan, nur um Jills Foto auf dem Display zusehen.

»Hi Mira, Mom will, dass du zum Mittagessen vorbei kommst«, sagte Jill und legte nach einem Lachen und einem „Ok" meinerseits wieder auf. Im Grunde wollte Emma nämlich immer, dass ich sonntags zum Essen vorbei kam und das schon seit Jahren. Und Jill rief dennoch jeden Sonntag an, als habe sie Angst, ich könnte es auch nur ein einziges Mal vergessen. Daher war es wenig verwunderlich, dass unser Gespräch so verlief, bevor ich mich anzog und auf den Weg machte. Mein Handy landete ungeachtet wieder auf Sofa, wo es zuvor auch gelegen hatte.

In meinem Schlafzimmer stand ich nur kurz vor meinem Kleiderschrank, um mir zu überlegen, was ich anziehen sollte. Da war ich nie wirklich wählerisch, denn meine Kleidung musste meistens eher praktisch sein, nicht schick.

Heute entschied ich mich hingegen für eine dunkelblaue Bluse und eine helle, enge Jeans. Anschließend schnappte ich mir meine Handtasche, in die ich mein Portemonnaie und mein Handy packte und zog mir beim Rausgehen noch meine schwarze Lederjacke über. An warmen Tagen nahm ich normalerweise mein Fahrrad, da Jill nur ein Dorf weiter wohnte, aber heute regnete es, also fuhr ich mit dem Auto.

Es war nur wenig Verkehr auf den Straßen, sodass ich innerhalb weniger Minuten vor der Garage meiner Pflegeeltern parkte. Als ich aus meinem Auto stieg, roch ich sofort den Geruch von gebratenem Gemüse und war dankbar dafür, dass Emma eine so exzellente Köchin war. Ich wollte gerade klingeln, aber Jill riss bereits die Tür auf, bevor ich den kleinen Knopf betätigen konnte. Ein strahlendes Lächeln überzog ihr schmales Gesicht und ihre roten Haare waren zerzauster als sonst.

»Na, hast du Christian noch kurz einen Besuch abgestattet?«, neckte ich sie mit erhobenen Augenbrauen und einem provozierenden Lächeln auf den Lippen. Sofort machte Jill einen ertappten Eindruck, zog mich ins Haus und erzählte enthusiastisch von einem anderen Thema um von meiner Anspielung abzulenken.

»Weißt du noch, als ich dir letztens von Lena und Alex erzählt habe? Die haben sich jetzt wieder getrennt.«

Ich nickte eifrig, obwohl ich nicht die geringste Ahnung hatte, von wem Jill da schon wieder redete. Sie erzählte mir so oft von so vielen Mitstudenten, dass ich gar nicht mehr auseinanderhalten konnte, wer überhaupt wer war.

»Ehrlich?«, fragte ich gespielt überrascht, aber Jill merkte es gar nicht, während wir ins Esszimmer gingen.

»Ja, der ganze Campus hat mitbekommen, wie er sie als verlogenes Miststück bezeichnet hat.«

Emma stand in der kleinen Küche und schnitt noch die restlichen Zutaten für das Essen. Als sie mich erblickte, lächelte sie mir zu und ich kam nicht dran vorbei, zu denken, wie hübsch sie mit dem blonden kurzen Haar und dem lässigen grünen Kleid war. Ich hatte sie oft darum beneidet, in jeder Situation so natürlich hübsch auszusehen. Und ich hatte sie auch darum beneidet, wie gut sie und Tobias zusammenpassten. Ihr Blick wanderte an mir vorbei zu ihrem Ehemann und ein verliebter Ausdruck trat in ihr Gesicht.

Er saß auf dem Sofa im Wohnzimmer, welches direkten Zugang zum Esszimmer und zur Küche bot und als spürte er ihren Blick, sah er auf. Mich begrüßte er mit einem väterlichen Nicken, bevor sein Blick für einen kurzen Moment auf seiner Frau ruhte. Die beiden teilten etwas so besonders, so viel mehr als Liebe und ich fragte mich, ob ich so etwas auch finden würde, bevor ich zum nächsten Seelenfänger werden sollte.

Ich wollte mich gerade innerlich mit diesem Gedanken beschäftigen, der mir nach wie vor widerstrebte, doch Jill hatte andere Pläne.

»Hallo, Erde an Mira, hörst du mir überhaupt zu?«

Ich blinzelte verwirrt, denn tatsächlich hatte ich nicht mitbekommen, dass sie mir schon die nächste Geschichte von der Uni erzählt hatte. Trotzdem nickte ich.

»Ja und als sie das dann herausgefunden hat, war sie stinksauer.«

Emma hatte eine Gemüsepfanne mit Putenfleisch zu Reis serviert und während das Geschirr beim Essen klirrte, unterhielten wir uns über alltägliche Dinge, über die Arbeit und schließlich, dass alle froh waren, dass es mir gut ging. Dieses Thema brachte das Gespräch irgendwie zum Stillstand, sodass Tobias, gefasst wie eh und je, sich erhob und mit dem Abwasch begann. Jill spürte die drückende Atmosphäre und weil sie nicht wusste, was sie tun sollte, schloss sie sich ihrem Vater an. So blieb ich mit Emma allein am Tisch sitzen. Man hörte Jill mit ihrem Vater in der Küche rumalbern und ich schmunzelte darüber, dass Tobias ihr diese verrückte Art vererbt oder sie es sich bei ihm abgeschaut hatte. Sie machte mein Leben wesentlich positiver, als es eigentlich war.

»Du siehst aus wie sie.« Emma brauchte ihren Namen nicht sagen, ich wusste ganz genau, von wem sie sprach.

»Sie hatte die gleichen Augen. Dieses warme Bernsteingold, in dem man das innere Feuer sehen konnte.« Am Ende des Satzes brach ihre Stimme leicht und sie biss sich auf die blassen Lippen. Es kam häufiger vor, dass sie so etwas Ähnliches zu mir sagte und ich wusste kein einziges Mal, was ich ihr antworten sollte. Nicht eine Sekunde wandte Emma den Blick von mir ab, obwohl ich sehen konnte, wie viel Kraft es sie kostete. Natürlich sah sie mich immer an, wenn ich herkam, aber flüchtig, sie vermied es mich intensiv anzusehen. Doch jetzt sah sie mir direkt in die Augen und ich konnte beobachten, wie sich Tränen in ihren Augen sammelten.

»Ich vermisse sie so sehr«, flüsterte sie leise und konnte die Tränen nun nicht mehr zurückhalten.

Sie entschuldigte sich bei mir und zog sich in die obere Etage zurück. Jetzt war ich allein und auch ich konnte die Tränen nicht mehr zurückhalten. Sie liefen unerbittlich über meine Wangen. Ich bekam keine Luft. Der Schmerz in meiner Brust wollte mich zerreißen. Ich konnte kaum ertragen, wie sehr Emma wegen meines Anblicks litt und ich wollte es ihr nicht immer wieder antun. Diese Menschen hatten alles für mich getan und waren die einzige Familie, die ich hatte. Aber was konnte ich tun? Ich konnte schlecht meine Augen ändern und sie würde mir auch nie erlauben, einfach sonntags nicht mehr zum Essen zu kommen.

Ich war so mit meinen Tränen beschäftigt, dass ich Jill nicht bemerkt hatte, bis sie schließlich neben mir auf dem Stuhl saß. Von Tobias sah ich nur noch den Rücken, wie er ebenfalls die Treppen hochstieg, um Emma zu trösten. Jill zog mich in eine Umarmung, die ich nicht erwiderte, aber sie wusste, dass ich gerade nicht dazu in der Lage war.

Irgendwann hatten wir uns auf das Sofa gesetzt und während Jill saß, lag ich mit dem Kopf auf ihrem Schoß und starrte vor mich hin. Seit fast einer Stunde hatte keiner von uns gesprochen und der Schmerz in meinem Inneren hatte mir weiterhin die Tränen in die Augen getrieben.

Es dauerte ewig, bis die Trauer genug betäubt war, dass ich mich aufrichten und wieder klar denken konnte. Jills Blick ruhte auf mir, als wäre sie sich noch nicht ganz sicher, ob ich ok war. Ich lächelte ihr schwach zu und wischte die letzten Reste der Tränen von meinem Gesicht. Meine Augen waren geschwollen und brannten nun, doch ich wusste aus Erfahrung der vergangenen Jahre, dass es morgen wieder besser sein würde.

»Ich fahre jetzt nach Hause«, sagte ich und blieb damit auch weiterhin bei dem Muster, welches seit Jahren so verlief: Nach dem Ausheulen kam das innerliche Taubheitsgefühl und dann fuhr ich nach Hause, als wäre nie etwas passiert. Jill begleitete mich schweigend zur Tür und bat um eine Nachricht, dass ich gut zu Hause angekommen war, bevor sie mich gehen ließ.

Draußen war es mittlerweile dämmrig geworden und die Kälte jagte mir einen Schauer über den Rücken. Obwohl der Weg nur so kurz war und das Auto bis dahin nicht warm genug sein würde, schaltete ich die Heizung ein. Innerhalb weniger Minuten war ich zu Hause und stellte fest, dass ich noch nicht auf meiner Couch sitzen konnte, um meine Gefühle wieder in den Griff zu bekommen. An der Hauswand lehnte nämlich unerwarteter Besuch und betrachtete mich aufmerksam mit diesen besonderen Augen.

Kapitel 11

„Es gibt Menschen,
die will man nicht in seinem Leben,
aber man braucht sie, um sich zu entwickeln."

»Taric«, war das Einzige, was ich zustande brachte, denn ich war völlig überrascht, dass er vor meiner Tür stand. Und so hart das auch klang und obwohl ich mir gewünscht hatte, nach seiner Nummer gefragt zu haben, war er gerade keine Person, die ich sehen wollte. Eigentlich... wollte ich überhaupt niemanden sehen. Ein Seufzer entschlüpfte mir und ich kramte meinen Haustürschlüssel aus meiner Jackentasche, um die Tür aufzuschließen.

»Ich dachte, du brauchst Gesellschaft«, antwortete er und sah mich mit einem so wissenden Grinsen an. Ich stockte einen Moment beim Aufschließen und sah ihn misstrauisch an. Es war beängstigend, dass er so dachte und irgendwie ... Recht hatte. Es gab nämlich einen großen Unterschied zwischen: Ich will keine Gesellschaft und ich brauche keine Gesellschaft, denn ich brauchte sie unbedingt. Mit einem letzten unsicheren Blick zu Taric, schloss ich die Tür auf und ging die Treppen zu meiner Wohnung hinauf.

Sobald ich den Schlüssel in meine Wohnungstüre steckte, begrüßte mich das Miauen von Bo, der wie immer auf mich wartete. Ich hoffte, der dicke Kater hatte sich wieder eingekriegt von seinem seltsamen Verhalten, denn ich vermisste wirklich das Schmusen mit dem Fellknäuel und jetzt brauchte ich es mehr denn je. Doch sobald die Tür offen war und die ebenfalls bernsteinfarbenen Augen mich entdeckten, fauchte Bo und sein Fell sträubte sich. Hinter mir ging Taric in die Hocke und ich warf ihm einen geschockten Blick zu, als Bo sofort zu ihm lief und sich an ihm rieb, als hätten die beiden sich schon immer gekannt. Taric nahm Bo auf den Arm, der sich an seinem Hals schmiegte und zuckte mit den Schultern, als er mich ansah.

»Tiere lieben mich«, sagte er entschuldigend und ging an mir vorbei in meine Wohnung, als wären wir schon ewig ein Paar.

Erst verfolgte mich der Seelenfänger die ganze Zeit und wollte, dass ich seine dämlichen Aufgaben übernahm und jetzt stand Taric hier und tat so, als wäre er mein Freund. Es konnte echt nicht noch schräger werden.

Ich brauchte erstmal einen Kaffee, den ich übrigens zu jeder Zeit trank, auch mitten in der Nacht. Das Geräusch der eingeschalteten Kaffeemaschine beruhigte wie immer meine strapazierten Nerven. Vorsichtig schielte ich ins Wohnzimmer, wo es sich Taric und Bo auf dem Sofa gemütlich gemacht hatten und wie zwei alte Verliebte kuschelten. Bo rieb sogar sein Gesicht an Tarics Nase, was beinahe einem Wunder gleichkam, wenn man bedachte, dass man Bo niemals über sein Gesicht streicheln durfte. Offensichtlich durfte Taric allerdings alles mit ihm machen, wenn er gewollt hätte. Irgendwie spürte Taric meinen Blick auf sich und sah Richtung Küche. Schnell schob ich mich um die Ecke, damit er nicht sehen konnte, wie verärgert ich war.

Warum durfte er alles mit meinem Kater machen?

Die erste Tasse Kaffee hatte ich beinahe in einem Zug halb geleert und schließlich fiel mir als bekanntlich schlechte Gastgeberin auf, dass ich Taric vielleicht etwas zu trinken anbieten sollte. Andererseits hatte ich ihn ja nicht eingeladen, mich spontan zu besuchen, und eigentlich wollte ich ihn auch nicht hier haben. Während ich also meinen inneren Krieg zwischen Freundlichkeit und Egoismus focht, hatte ich nicht bemerkt, wie Taric zu mir herüber gekommen war und nun grinsend im Türrahmen stand.

»Wenn du dir so viele Gedanken machst, siehst du schon fast gruselig aus, so tief sind die Falten auf deiner Stirn«, bemerkte er immer noch mit einem breiten Grinsen, das seine perfekten, weißen Zähne zeigte. Anscheinend fand er seine eigene Bemerkung wahnsinnig lustig, denn es schien mir, als habe er große Mühe sein Lachen zu unterdrücken.

Hatte er mich grade beleidigt und ich hatte nicht zurückgeschlagen?

Mir klappte der Mund auf, weil ich es definitiv nicht gewohnt war, dass Leute mir gegenüber so mutig waren und es dauerte einen Moment, bis meine Gedanken wieder alles in Ordnung gebracht hatten.

»Wenigstens sehe ich nicht aus wie ein grinsender Volltrottel«, konterte ich schnippisch, wobei das sicherlich nicht meine beste Antwort gewesen war, aber ich war müde und erschöpft von der emotionalen Auseinandersetzung mit mir selbst, mit der ich immer noch zu kämpfen hatte. Zu meiner Überraschung lachte er jetzt wirklich, ohne sich auch nur die Mühe zu machen, es zurückzuhalten. Das verschlug mir nun vollends die Sprache und ich starrte ihn ungläubig an. Teils weil der volle Klang seines Lachens einen Teil der Trauer wegspülte und teils, weil er mich ganz offen auslachte. Mein Bedürfnis, ihn in seine Schranken zu weisen, wuchs mit jeder Sekunde und dennoch blieb ich stumm, bis er sich wieder beruhigt hatte.

An diesem Kerl stimmte eindeutig etwas nicht, denn ich erkannte mich selbst kaum wieder, wenn er in meiner Nähe war. Ich hatte nie ein Problem mit selbstbewussten Männern oder dergleichen, im Gegenteil, aber Taric verströmte so viel Energie, dass sie meine eigene zu überschatten schien. In seiner Gegenwart fühlte ich mich gleichzeitig unwohl und absolut erfüllt und mich verwirrte es, dass ich nicht ganz klar eine emotionale Position zu ihm beziehen konnte. Ich mochte diese Unsicherheit nicht, die er in mir auslöste, also versuchte ich lieber auf Abstand zu gehen.

»Musst du nicht irgendetwas erledigen?«, fragte ich gereizt und stapfte mit meiner großen Kaffeetasse ins Wohnzimmer, ohne ihn weiter zu beachten. Dort setzte ich mich auf mein gemütliches Sofa und machte den Fernseher an, um durch das Programm zu schalten. Bo hatte natürlich sofort das Weite gesucht, als ich das Wohnzimmer betreten hatte. Stattdessen folgte mir Taric und ließ sich neben mir auf das Sofa fallen.

»Ich habe eine Menge zu tun, aber fühl dich doch geehrt, dass ich mir ein bisschen Zeit für dich freigeschaufelt habe«, antwortete er etwas verspätet auf meine rhetorische Frage. Dennoch klang er dabei lässig und frech, wie ich ihn bisher auch kennen gelernt hatte. Dafür kassierte er von mir einen kritischen Blick, der ihn allerdings nicht interessierte, aber er hatte großes Interesse daran, sich über das Fernseh-programm zu beschweren. Er schnappte sich die Fernbedie-nung, die neben mir gelegen hatte und schaltete auf ein anderes Programm, sodass wir nun eine Komödie schauten. Ich wollte mich definitiv beschweren, aber ich war einfach zu erschöpft und von daher resignierte ich schweigend.

Hauptsache er hielt nun seinen Mund und wir konnten in Ruhe den Film schauen.

Doch statt den Film zu schauen, beobachtete ich Taric unauffällig aus dem Augenwinkel. Ich hatte versucht, es zu lassen, aber mein Blick wurde automatisch von ihm angezogen. Er war durchaus ein attraktiver Mann, der eigentlich sogar in mein Beuteschema passte. Taric überragte mich um fast einen ganzen Kopf, was allerdings gut zu seinen breiten Schultern passte. Seine blonden, kurzen Haare waren gerade so lang, dass sie auch im wild gestylten Zustand immer noch gut aussahen. Seine hellgrünen Augen in diesem rundlichen Gesicht bildeten einen wunderbaren Kontrast zu seiner sonnengebräunten Haut und brachten das Grün seiner Iris beinahe zum Leuchten. Rundum war er der Typ von Mann, in den alle Frauen verliebt waren und der jede haben konnte, wenn er wollte. Und er saß auf meinem Sofa, als wären wir bereits das Traumpaar des Jahrhunderts.

»Glaubst du, ich würde es nicht bemerken, wenn man mich begutachtet? Gefalle ich dir wenigstens?«, fragte Taric schließlich herausfordernd, ohne den Blick vom breiten Bildschirm des Fernsehers zu wenden.

Erst war es mir peinlich, bei meinen Beobachtungen und inneren Beurteilung erwischt worden zu sein. Doch sein schelmisches Grinsen, seine überhebliche Aussage und die Tatsache, dass er nicht weiter nachhakte, brachten mich ebenfalls zum Lächeln, bevor ich beschloss, mir lieber den Film aufmerksam anzusehen. Es war absolut verrückt und seltsam, dass Taric hier saß, obwohl ich ihn nicht kannte. Dennoch spürte ich da eine Verbindung zu ihm und ich fühlte mich gut, wenn er hier war.

Wie sich im Laufe des frühen Abends herausstellte, war der Film tatsächlich richtig lustig und es gab viele Momente, in denen Taric und ich gemeinsam in schallendem Lachen ausbrachen. Ab und zu so heftig, dass ich mir die Tränen wegwischen musste, was Taric wiederum zum Lachen brachte. Offensichtlich teilten wir auch den gleichen Humor und ich genoss die Zeit, genoss seine Gesellschaft, genoss die Ruhe in meinem Kopf.

Ich genoss das alles so sehr, dass ich irgendwann in einen traumlosen, tiefen Schlaf fiel. Zwischendurch wurde ich kurz halb wach und bemerkte schlaftrunken, wie mich jemand zugedeckt und wie ich mich an Tarics Schulter gelehnt hatte. Aber ich war so zufrieden und nicht ganz wach, sodass ich einfach in meiner bequemen Position liegen blieb und weiter schlief. Ich erinnerte mich noch daran, wie Taric mich irgendwann ins Bett getragen und dann meine Wohnung verlassen hatte.

Plötzlich wurde ich von einer unangenehmen Kälte geweckt und zog mir mürrisch die Decke bis unter das Kinn. Trotzdem fühlte ich mich, als läge ich in einer Eisbox mit Klimaanlage, die ununterbrochen lief. Mein leicht verschwommener Blick fiel auf die Digitalanzeige meines Weckers: 02:15 Uhr.

Seltsam.

Es war selten, dass ich mitten in der Nacht wach wurde und diese Kälte war ebenfalls eher ungewöhnlich für mich, da mir beim Schlafen eigentlich immer warm war. Grummelnd wälzte ich mich auf die andere Seite und zog meine Beine ran, in der Hoffnung, das würde mich wärmen. Dann warf ich noch einen letzten flüchtigen Blick auf mein Fenster, bevor ich weiter schlafen wollte.

Stattdessen sprang ich, im wörtlichen Sinne, wie ein wildes aufgescheuchtes Huhn aus meinem Bett und prallte mit Wucht gegen meinen Kleiderschrank. Mein Herz überschlug sich beinahe und ich verschluckte mich, sodass ich einen heftigen Hustenanfall bekam, der mir die Tränen in die Augen trieb.

»Ich sagte dir doch, du sollst gefälligst die Tür nutzen und mich nicht immer zu Tode erschrecken!«, beschwerte ich mich, während ich meine Hand über mein Herz legte, um es zu beruhigen. Wie immer stand der Seelenfänger unberührt da und seine silbernen Augen leuchteten im Dunkeln faszinierend und beängstigend zugleich.

»Du hast geschlafen, daher hättest du mein Erscheinen ohnehin nicht bemerkt. Ganz gleich ob durch die Wand oder durch die Tür«, sagte er beiläufig und ich wollte schon fast wieder aus der Haut fahren wegen seiner Gleichgültigkeit, konnte mich aber gerade noch beherrschen. Stattdessen stolperte ich zurück zum Bett, schaltete die Nachttischlampe an und rieb mir die Augen. Dann wanderte mein Blick wieder zum Seelenfänger, weil ich erwartet hatte, wieder einen Vortrag über meine zukünftige Aufgabe zu bekommen. Doch er blieb stumm, sodass ich Gelegenheit hatte, ihn genauer zu betrachten.

Tatsächlich war es das erste Mal, dass ich ihn wirklich ansah und die vielen Details an ihm wahrnahm. Die meiste Zeit lenkte das silbergrau seiner Iris von allem anderen ab, sodass man seine langen, dichten Wimpern leicht übersah. Er hatte einen markanten Kiefer, der perfekt mit den vollen Lippen harmonierte. Sein etwas zu langes dunkelbraunes mit Goldsträhnen durchzogenes Haar fiel ihm üblicherweise ins Gesicht und verdeckte seine Stirn, doch heute lagen seine Haare anders. Und auch der Rest von ihm war durchaus attraktiv, wenn man genauer hinsah. Sein schwarzer Ledermantel verdeckte einen Großteil seines gut gebauten Körpers, aber er betonte seine breiten Schultern und seine Größe. Unwillkürlich kam mir Jills Frage wieder in den Sinn: Sieht er wenigstens gut aus? Und nun konnte ich sie beantworten:

Ja, er sah sehr gut aus.

Schließlich wanderte mein Blick wieder zu seinen Augen, sodass ich nicht länger in meinen Gedanken versank.

»Warum bist du mitten in der Nacht hier? Ich muss in wenigen Stunden zur Arbeit.«

Mein Blick fiel auf die Uhr auf meinem Nachttisch und ich stellte frustriert fest, dass ich in fast 3 Stunden wieder aufstehen musste und ich brauchte wirklich den Schlaf.

»Wir müssen anfangen, dich vorzubereiten und du wirst ohnehin nicht mehr lange arbeiten«, sagte er und überraschte mich mit dieser Antwort kein bisschen. Ich hörte diese Leier jetzt schon zum keine Ahnung wie vielten Male und es nervte mich, da ohnehin nichts geschah.

»Das sagst du andauernd und du bekommst von mir immer wieder die gleiche Antwort«, gab ich nüchtern zurück und fühlte mich, als wäre mein Leben eine Schallplatte, die sich immer wiederholte.

»Das ist dein Schicksal, dazu wurdest du geboren. Es ist in dir, die Berührung des Todes ummantelt dich wie eine zweite Haut.«

Was zur Hölle war denn das nun wieder für eine kryptische Erklärung?

»Ok, ok, ok, einverstanden, aber können wir uns darauf einigen, dass wir das alles am Tag machen? Denn einer von uns beiden braucht seinen Schlaf.«

Gut, ich gab zu, es gab wenig, was ich für etwas Schlaf nicht tun würde. Selbst wenn das hieß, ich stimmte zu, seine Nachfolgerin zu werden, jedenfalls sagte ich es einfach, damit er Ruhe gab. Der Seelenfänger nickte kaum merklich und löste sich im Nichts auf. Mit ihm verschwand auch die Kälte, sodass ich wenigstens noch einige Stunden Schlaf bekommen würde, bevor ich zur Arbeit musste.

Als der Wecker schrillend klingelte, kam es mir vor, als wäre ich eben erst eingeschlafen. Genervt und mit geschlossenen Augen tastete ich nach der Uhr, um das lästige Geräusch zum Schweigen zu bringen. Ein Lächeln huschte über mein Gesicht, bevor Bo meine Hoffnungen auf ein paar kostbare Minuten zusätzlichen Schlaf zerstörte.

»Ist ja gut, ich komm ja schon«, beruhigte ich den fetten Wollknäuel, der scheinbar am Verhungern war. Ich tapste gähnend in die Küche, schaltete die Kaffeemaschine an und gab Bo sein Nassfutter. Er bedankte sich glatt mit einem Fauchen und Knurren, bevor er sein Frühstück verdrückte.

»Gern geschehen eure Majestät«, sagte ich mit einem breiten aufgesetzten Grinsen, bevor meine Maske wieder fiel und ich mit meinem üblichen Sprich-mich-nicht-an-Gesichtsausdruck ins Bad ging, um eine heiße Dusche zu nehmen.

Es war ein wahnsinnig befriedigendes Gefühl, wieder auf der Arbeit zu sein und das zu tun, was ich konnte, was mir das Gefühl gab, dass ich gebraucht wurde. Und es war etwas Normales im Vergleich zu den letzten Tagen.

»Miraaaa«, hörte ich meinen Namen, noch bevor ich die Tür der Einrichtung geschlossen hatte. Aber es waren so viele Personen, die gleichzeitig nach mir riefen, dass ich nicht zuordnen konnte, ob es die Kinder oder meine Kollegen waren. Das Strahlen auf den Gesichtern der Menschen, die mir entgegenkamen, erwärmten mein Herz und brachten mich zum Lächeln. Wie hatte ich sie doch vermisst!

»Leni, Mieke, Leon, Alex, Emma, wie geht's euch?« Die Kinder waren so aufgeregt, dass ich keines ihrer Worte verstand, aber ihre Umarmungen bedurften keine Worte.

»Gott sei Dank bist du wieder da«, gesellte sich eine weitere Stimme zu uns und ich freute mich, in das erleichterte Gesicht von meiner Kollegin Melanie zu schauen.

»Ich dachte schon, du kommst gar nicht mehr wieder.« Es gab so viel, was sie mir noch erzählen wollte, um mich auf den neusten Stand zu bringen, aber sie wurde gebraucht, daher sagte sie mir nur, dass Steffi mich sehen wollte, bevor sie wieder in unserer Gruppe verschwand. Ich versicherte den Kindern, dass sie mir später alles erzählen konnten, bevor ich zu meiner Chefin Steffi eilte.

Wie üblich saß die schlanke hochgewachsene Frau an ihrem Schreibtisch vor dem Bildschirm des Computers, unterbrach ihre Arbeit allerdings bei meinem Anblick. Auch sie freute sich von Herzen, mich wieder zu sehen und erkundigte sich sofort, wie alles passiert war. Obwohl ich ihr am Ende meiner Erzählung erklärte, dass es mir gut ging, beschloss Steffi, dass ich vorerst nur noch halbtags arbeiten würde, um mich zu erholen. Natürlich versuchte ich zu widersprechen, da es mir wirklich gut ging, selbst mein Bein war auf wundersame Weise vollständig geheilt, als wäre nie etwas passiert. Doch alle Argumente waren vergebens.

Steffi war eine äußerst freundliche und aufrichtige Person, aber sie war ebenso konsequent, was ihre Entscheidungen anging. Außerdem kannte sie mich praktisch mein Leben lang, weil ich als Kind selbst hier gewesen war und wusste somit auch jedes Detail über meine Gesundheit. Widerwillig gab ich mich geschlagen und ging rüber in meine Gruppe.

Einige unserer Kinder waren bereits da und ich hatte erwartet, dass sie sich genauso freuten, doch die ganz kleinen schauten mich nur verwirrt an. Ich schob es auf die Tatsache, dass die Kinder noch so jung waren und sie sich nach meiner für sie langen Abwesenheit vielleicht erst wieder an mich gewöhnen mussten. Automatisch schaute ich in den Kalender, was für diese Woche geplant war, während Melanie mich über alles aufklärte, was ich verpasst hatte. Ich war bereit und der Alltag konnte beginnen! Allerdings hatte ich da die Rechnung ohne den Seelenfänger gemacht, der gerade in der Gruppe auftauchte und alles ins Chaos stürzte.

Kapitel 12

„Manchmal gibt es kein Zurück mehr."

Sofort begannen die ganz kleinen Kinder panisch zu weinen und suchten sowohl bei meiner Kollegin als auch bei mir Schutz. Melanie sah mich verwirrt an.

»Was ist denn jetzt los?«

Unsere älteren Kinder, also alle ab 3 Jahre, sahen ebenfalls sehr irritiert aus und beobachteten das Spektakel neugierig.

Mein Gedächtnis erinnerte mich ungewollt an meine Abmachung von gestern Nacht, als ich den Seelenfänger betrachtete. Ich hatte nur daher geredet, er hatte es ernst genommen.

»Vielleicht haben sie irgendetwas gesehen. Ich geh mal nachschauen«, log ich Melanie an, reichte ihr die kleine Neele in den Arm und schob Alex zu ihr rüber, bevor ich in den Nebenraum verschwand. Wie erwartet, folgte mir der Seelenfänger wie ein Magnet, der von mir angezogen wurde.

»Was ist hier los?«, zischte ich möglichst leise und warf ihm anklagende Blicke zu.

»Wir haben eine Abmachung«, gab er zurück ohne mit der Wimper zu zucken.

Na großartig, er war auch noch schwer von Begriff.

»Ich meinte: Was ist mit den Kindern los?«, verdeutlichte ich meine Frage, damit auch er verstand, was ich wissen wollte.

»Junge Menschen können mich sehen. Ihr Blick, ihr Verstand und ihre Seele sind noch nicht geblendet von ihrer

Umwelt. Sie sind noch empfindlich für das Übernatürliche, was Erwachsene längst nicht mehr sind. Ihre Sinne sind eingeschränkt und verkümmert, sie laufen mit offenen Augen blind durch die Welt.«

Mir klappte der Kiefer herunter, sowohl wegen dem Inhalt seiner Aussage als auch wegen seiner Sachlichkeit. Seine Worte hatten eine Bitterkeit und Traurigkeit an sich, die er offenbar nicht empfand. Es dauerte einen Moment, bis ich begriff, dass er mir nur sachlich die Fakten erklärte, wie sie waren. Erst danach kam ich auf seinen ersten Satz zurück.

»Die Kinder können dich sehen?«

Im Grunde hatte er ja genau das gerade gesagt, aber ich wollte sicherheitshalber noch einmal nachfragen. Er nickte schwach, bevor er noch etwas hinzufügte: »Aber nur bis sie ihr 3. manchmal auch 4. Lebensjahr erreicht haben, danach werde ich unsichtbar für sie. Einige besondere Menschen nehmen die veränderte Atmosphäre wahr, wissen, dass etwas anders ist, doch sehen können sie mich trotzdem nicht.«

»Und?", rief Melanie schließlich und ich hörte, wie sie auf den Nebenraum zukam. Panisch überlegte ich, was ich ihr sagen sollte, doch sie stand bereits im Türrahmen, bevor ich eine Lösung gefunden hatte. Daher log ich erneut.

»Hier ist nichts. Vielleicht war es nur ein Schatten.« Ich zuckte mit den Schultern und zog die Augenbrauen hoch.

»Hm, ja das wäre logisch. Naja, machen wir den Morgenkreis«, sagte sie mehr zu Neele, die immer noch auf ihrem Arm war und ging zurück in die Gruppe.

»Nach der Arbeit löse ich meine Abmachung sofort ein, versprochen, aber geh. Bitte geh jetzt«, flehte ich den

Seelenfänger an und hoffte, dass ich ihn noch so lange hinhalten konnte. Erleichterung überkam mich, als sich mein übernatürlicher Magnet im Nichts auflöste.

Der restliche Tag verlief eigentlich wie jeder andere in meinem Leben seit einer gefühlten Ewigkeit. Ich tat so vieles in diesem Beruf einfach automatisch, dass ich genug Zeit hatte, die Kinder zu beobachten. Und was mir definitiv auffiel, war die Tatsache, dass die jungen Kinder mir aus dem Weg gingen. Aber warum? Konnte es etwas mit dem zu tun haben, was der Seelenfänger neulich zu mir gesagt hatte?

»Die dunkle Essenz ummantelt dich wie eine zweite Haut«, ging es mir durch den Kopf wie ein Echo vergangener Zeiten. Ich hatte diese Aussage nicht ganz verstanden, aber vielleicht sahen sowohl der Seelenfänger als auch die Kinder etwas, was mir verborgen blieb. Aber mein Blick war nicht eingeschränkt, ich konnte den Seelenfänger sehen, wieso konnte ich also die Veränderung an mir nicht erkennen?

»Erde an Mira«, witzelte Melanie, die offensichtlich nicht das erste Mal versucht hatte mit mir zu sprechen. Ich blinzelte irritiert und schüttelte den Kopf, um die letzten plagenden Gedanken abzuwerfen.

»Du hast Feierabend«, fügte sie dann hinzu, als sie merkte, dass ich aufmerksam war. Seufzend und frustriert, weil ich genau wusste, was mich nun erwartete, stand ich auf, zog meine Jacke an und verließ mit einem gespielten Lächeln die Einrichtung.

Vor der Tür wartete bereits der nächste Stress. Seelenruhig stand der Seelenfänger dort und sein Blick ruhte wie immer auf mir, als wäre ich etwas Exotisches. Ich atmete tief durch und straffte die Schultern, bevor ich auf ihn zuging. Also dann, auf in den Kampf.

»Ok, legen wir los«, sagte ich und hoffte innerlich, dass der Seelenfänger einfach schnell merken würde, dass ich absolut ungeeignet für diese Aufgabe war und sich einen anderen Menschen suchte.

»Gehen wir«, war seine einzige Aussage und irgendwie hatte ich ja doch mehr erwartet, daher runzelte ich verwirrt die Stirn. Bisher hatte ich den Seelenfänger noch nie laufen sehen, aber nun konnte ich beobachten, dass er gar nicht wirklich lief. Natürlich bewegte er seine Beine, aber er berührte den Boden nicht ... oder vielleicht doch? Ich konnte es nicht genau sagen, er glitt irgendwie über den Boden, aber er schwebte nicht. Anders konnte ich es gar nicht beschreiben. Daneben fühlte ich mich wie ein großes, tollpatschiges Trampeltier, das einer geschmeidigen Raubkatze folgte.

»Wohin gehen wir? «, fragte ich, nachdem wir eine Weile, in meinen Augen, sinnlos herumgelaufen waren. Mittlerweile waren wir auch in einem Stadtteil angekommen, den ich zu Fuß noch nie erkundet hatte.

»Dahin, wohin die dunkle Essenz uns führt«, erklärte er, als wäre alles völlig logisch und ich wüsste genau, wovon er redet.

»Kannst du mir das genauer erklären oder soll ich mir das selbst zusammenreimen?«, fragte ich leicht sarkastisch.

»Die dunkle Essenz ist gleichzeitig Seele und Herz des Todes. Sie treibt mich als Seelenfänger kontinuierlich an und hält mich weiterhin am Leben. Ich folge ihrem Ziehen zu den Seelen, die eingesammelt werden müssen. Natürlich sehe ich, wie viel Zeit den Menschen noch bleibt, aber ob die Zeit für einen Menschen auf einem anderen Kontinent vorbei ist, weiß ich nur, weil die dunkle Essenz von ihnen angezogen wird.«

Okay, das verstand ich, jedenfalls so irgendwie, aber es klang eher nach einem schrägen Fantasy Roman als nach der Realität.

»Und woher weißt du, wie viel Zeit den Menschen noch bleibt? Haben die sowas wie eine Uhr über dem Kopf?« Insgeheim hoffte ich, dass niemand meine vermeintlichen Selbstgespräche mitbekam und mich für irre hielt.

»Ich kann eure menschliche Hülle nicht sehen. Ihr seid umgeben von einem weißen, grauen oder schwarzen Nebel. Geboren werdet ihr mit einem weißen Nebel, der sich zum Ende eurer Zeit schwarz färbt.«

Nach dieser Erklärung kamen mir meine ursprünglichen Fragen beinahe kitschig vor.

»Du wirst die menschliche Hülle noch sehen können, weil du mit der lebenden Welt noch verbunden bist, aber die Nebelwolken sollten auch für dich bereits sichtbar sein.«

Ich spürte, wie sich auf meinem Gesicht ein riesiges Fragezeichen formte, als ich mich umsah und nur lauter Menschen ohne irgendwelchen Nebel sah.

»Ich sehe keine Nebelwolken«, gab ich kleinlaut zu und obwohl ich diese Aufgabe keineswegs übernehmen wollte, so wollte ich es doch wenigstens gut machen, wenn ich schon musste.

Plötzlich blieb der Seelenfänger stehen und ich wäre beinahe mit ihm zusammengeprallt, konnte es aber gerade noch verhindern.

»Kannst du die Nebel nicht sehen?«, fragte er ohne jegliche Emotionen, aber offensichtlich hatte er das nicht erwartet. Ich schüttelte wortlos den Kopf, wobei sich einige Strähnen aus meinem Zopf lösten und mir ins Gesicht fielen. Daraufhin schwieg er und ich fühlte mich unter seinem Blick wie immer sehr unwohl. Vielleicht war dies schon mein Ausweg als Nachwuchsseelenfänger, bevor ich mich bemühen musste, ungeeignet zu wirken.

»Wenn du das nicht kannst, kannst du die Seelen auch nicht einfangen, sie werden nicht sichtbar für dich sein.«

Mit dieser Aussage löste sich der Seelenfänger im Nichts auf und ich wurde mal wieder total überrascht. Irgendwie enttäuschte mich sein Verschwinden sogar, weil ich irgendwie doch motiviert gewesen war, mehr über diese Aufgabe herauszufinden, die so unreal wirkte und doch unser aller Leben bestimmte.

Genervt stapfte ich die kurze Strecke zu meiner Wohnung und hing in Gedanken immer noch bei meinem äußerst kurzen Treffen mit dem Seelenfänger. Ich war ja in vielen Dingen anders als andere Menschen, aber selbst bei einer so unwirklichen Sache, war ich anscheinend nicht normal genug, um das zu leisten, was es für einen Seelenfänger braucht. Ich war nutzlos, begriff ich und hielt einen Moment die Luft an, bevor ich schwer ausatmete. Dies war kein Gefühl, das ich empfinden wollte, denn es zog an meinem Inneren, an den Mauern und brachte sie zum Bröckeln.

Und als habe jemand meine Gedanken belauscht und sich gedacht: „Da setz ich noch einen drauf", fing es an, zu regnen. Erst fielen nur winzige Tropfen, die man auf der Haut nur als Kälte wahrnahm, statt als Wasser. Aber innerhalb weniger Sekunden verwandelte sich der leichte

Nieselregen in einen heftigen Regensturm. Natürlich hatte ich keinen Regenschirm und weil es das Schicksal so wahnsinnig gut mit mir meinte, hatte ich auch heute meine einzige Jacke ohne Kapuze angezogen. Ich blieb verzweifelt stehen und richtete mein Gesicht gen Himmel.

»Danke!«

An Gott glaubte ich zwar nicht, aber irgendjemand musste ja an meinem beschissenen Leben schuld sein. Natürlich hätte ich jetzt nach Hause joggen können und wäre innerhalb weniger Minuten zu Hause, aber wer auch immer über mein Leben bestimmte: Diese Genugtuung wollte ich ihm nicht geben. Stattdessen ging ich also erhobenen Hauptes und tiefenentspannt die letzten dreihundert Meter zu meiner Wohnung.

Dort angekommen, tropfte das Wasser nur so von meinen Haaren auf den Asphalt der Straße und damit ich nicht vor lauter Regen im Gesicht nichts mehr sehen konnte, hielt in den Kopf schließlich doch gesenkt. Die hochgezogenen Schultern hatten nicht viel gegen die Kälte genutzt und nun waren sämtliche Muskeln im Schulternackenbereich schmerzhaft verspannt.

»Schon wieder diese tiefen Falten auf deiner Stirn. Wenn du so weiter machst, siehst du im Alter aus wie eine verschrumpelte Hexe«, sagte eine mir allzu bekannte männliche Stimme. Taric stand schon wieder lässig vor meiner Tür und ich fragte mich unwillkürlich, ob er mich je wieder in Ruhe lassen würde. Reichte doch, wenn ein Typ mir dauernd an der Backe klebte, da brauchte ich nicht noch einen, der mir dauernd irgendeinen Spruch an den Kopf warf.

»Hast du keine eigene Wohnung?«, fragte ich provozierend und machte mir nicht mal die Mühe, ihm eine Ansage zu machen. Es würde ihn ohnehin völlig kalt lassen. Er folgte mir das hallende Treppenhaus hinauf und in meine Wohnung, wo er prompt von Bo herzlich empfangen wurde.

Das kippte meine Laune nun ganz und ich fand auch nichts Positives mehr, auf das ich mich konzentrieren konnte.

»Was zur Hölle willst du von mir? Du kannst nicht immer hier rein spazieren, als würdest du hier wohnen. Hast du keine eigene Wohnung? Ich will verdammt nochmal einen Tag meine Ruhe haben und nicht von irgendwem belästigt werden. In meinem Leben läuft schon genug schief und ich will, dass endlich mal etwas gut geht«, schrie ich ihn beinahe an, bevor er sich auf mein Sofa setzen konnte. Nun stand er erstarrt und ruhig in meinem Wohnzimmer und betrachtete mich. Seinen Gesichtsausdruck konnte ich nicht deuten, viel zu sehr war ich mit mir selbst beschäftigt.

»Ich...ich kann einfach nicht mehr.«

Mir war nicht aufgefallen, dass ich angefangen hatte zu weinen und versuchte mein Schluchzen zu unterdrücken. Bisher hatte ich die Erschöpfung gut unterdrückt, doch jetzt forderte sie ihren Tribut.

Ich hatte erwartet, dass er wütend meine Wohnung verließ oder mir eine entsprechende Antwort gab, aber was er dann tat, hatte ich am Allerwenigsten erwartet. Es tauchte nicht einmal in meiner Liste der Dinge auf, die er tun könnte. Taric kam auf mich zu, zog mich zu sich heran und umarmte mich, als wüsste er, was ich brauchte. Nichts anderes, nur eine Umarmung. Seine starken Arme umfingen mich, als wäre er der Himmel und ich nur ein winziger Bewohner dieser Erde. Und da war es wieder, dieses berauschende Prickeln auf meiner Haut, als würden Millionen kleine Schmetterlinge auf mir herum krabbeln. In meinem Inneren explodierte eine Energie, von der ich nicht wusste, dass sie da war und durchströmte jede Faser meines Körpers.

Seit dem Tod meiner Eltern hatte ich keine Wärme und kein wirkliches Glück mehr gefühlt, aber jetzt war es plötzlich überall. Vielleicht war ich auch selbst die Verkörperung der Wärme und des Glücks, denn ich konnte nicht mehr sagen, wo meine menschliche Hülle endete und meine Umgebung anfing. Und auch in ihm sah ich es, nicht mit den Augen, sondern mit meiner Seele. Er war pure Energie, er war das Leben. In diesem Moment glühte seine Haut wie die Sonne und ich saugte die brennende Hitze auf, wie ein gefrorener See, der die Wärme brauchte. Als ich mich etwas zurückzog, um in sein anziehendes Gesicht zu sehen, leuchtete das Grün seiner Augen wie ein Wald mit gesunden Bäumen, eine Wiese in kräftiger Farbe. Er hielt mich immer noch fest und seine Umarmung war irgendwie meine Rettung. Sie brachte mir das Leben zurück, das ich in mir drin lange nicht mehr gespürt hatte.

Meine Hände hingen immer noch schlaff neben meinem Körper und kribbelten, als würden sie zu wenig Blut bekommen. Meine Wut, mein Frust, meine Trauer, all die negativen Gefühle waren verschwunden, hatten sich mit seiner Berührung aufgelöst. Und offensichtlich war auch er zu der Kenntnis gekommen, denn er ließ mich los und trällerte dann: »Und nun ab unter die Dusche, wir gehen essen.«

Jetzt, da ich nicht mehr von dem elektrisierenden Gefühl bestimmt wurde, konnte mein Verstand die Kontrolle wieder übernehmen. Doch das brachte mir nicht viel, denn er war schwer damit beschäftigt, das Geschehene zu verarbeiten. Also ging ich stirnrunzelnd und wie ein Roboter, der seinen Befehlen folgte, in mein Badezimmer, zog mir die immer noch nasse, klebende Kleidung aus und stieg unter das heiße Wasser.

Was war nur los mit mir?

Kapitel 13

„Das Leben bringt uns manchmal in Situation,
die Mut erfordern."

Seit dem kurzen Treffen mit Mira dachte der Seelenfänger
darüber nach, warum sie die Nebel nicht sehen konnte. Er
war sich absolut sicher, dass sie seine Nachfolgerin sein
würde und er spürte die Verbindung der dunklen Essenz zu
Mira. Dennoch verweigerte ihr die dunkle Essenz die
erweiterte Sicht auf die Welt, die Sicht, die der Seelenfänger
schon seit einer Ewigkeit hatte. An seine menschliche Sicht
konnte er sich schon längst nicht mehr erinnern und er
wusste auch nicht, wie viele Jahre seither vergangen waren.
Unbedeutend. Die dunkle Essenz in seinem Inneren begann
zu ziehen und erinnerte ihn somit daran, dass er eine
wichtige Aufgabe zu erledigen hatte. Natürlich vergaß er
diese nie, sie war immer in seinem Kopf, doch ihm lief die
Zeit davon und er musste Mira auf ihre Aufgaben vorberei-
ten, bevor es zu spät war.

Wie sollte er das Problem lösen?

Er wusste es nicht und es gab auch niemanden, den er um
Rat fragen konnte, denn es gab niemanden wie ihn.
Allerdings konnte er auch nicht verstehen, warum Mira
dieses Problem hatte.

Während er sich den energiegeladenen Seelen näherte, die
er einsammeln musste, wurde das drängende Ziehen in
seiner Brust immer stärker und verzerrte sich nach neuer
Energie. Sie war der einzige Grund, warum er existierte, der
einzige Grund, warum die Welt noch im Gleichgewicht war

und doch wurde sie von allen gehasst. Den Seelenfänger interessierte das nicht, denn er musste seine bedeutende Aufgabe erfüllen. Das war sein Existenzgrund, der Sinn von allem, sein Ziel, alles, woran er je dachte.

Die Seele, die der Seelenfänger einsammeln musste, war ein junger Mann, der sich gerade alleine in seiner Wohnung befand. Seine Gedanken waren wirr und negativ, er hasste sein Leben, alles ging schief, das Glück hatte ihn verlassen. Aus seiner blassen und fast farblosen Seele konnte der Seelenfänger lesen, dass der junge Mann vor kurzem seine Arbeit verloren hatte und nun seine Miete nicht mehr zahlen konnte. Auch seine Frau und das Neugeborene konnte er nicht mehr versorgen, sodass seine Verzweiflung ihn gefährlich nah an den Abgrund drängte. Sie war das unheimliche Monster in seinem Inneren, das ihm jede Fluchtmöglichkeit nahm und auch der böse Geist, der ihm gefährliche Lügen einredete. Er konnte die Dunkelheit tief in seiner Seele erkennen, die dort heranwuchs. Das äußere Licht konnte sie nicht mehr wärmen, die Finsternis nicht mehr heilen, das Monster nicht besiegen.

Der schwarze Nebel löste sich auf und gab die menschliche Hülle für den Seelenfänger preis. Er war ein Mann mit symmetrischen Gesichtszügen, doch die dunklen Ringe unter seinen Augen waren deutlich erkennbar und der Glanz in seinen Augen war schon lange getrübt worden. Früher einmal war er ein selbstbewusster, durchtrainierter Mann gewesen, der stets Hoffnung gehabt und an das Glück geglaubt hatte. Doch jetzt war er mager geworden und seine Knochen traten unter seiner Haut stark hervor. Das Seil um seinen Hals war gefährlich eng und hinterließ bereits rote Striemen. Sein Blick war auf den Boden gerichtet und doch betete er zu Gott, dass es seiner Familie gut gehen möge und dass es ihm leidtäte. In seinen vom Weinen geschwollenen Augen bildeten sich erneut Tränen, die über seine Wangen liefen, wie ein unbändiger Fluss. Der junge Mann hatte sich emotional schon lange auf diesen Moment vorbereitet und Gewissensbisse, seine Familie zurückzulassen, plagten ihn, hielten ihn beinahe davon ab, den letzten Schritt zu machen. Aber nur beinahe. Der Druck brach wieder über ihn zusammen und er machte den Schritt, der seine Seele in den Abgrund springen ließ.

Die Seele, die inzwischen sämtliche Farbe verloren hatte, verließ die menschliche Hülle und schwebte vor dem Seelenfänger. Wie so oft streckte er die Hand aus, um die Seele in Empfang zu nehmen, sodass sie Teil des großen Ganzen wurde. Ruhe und Erleichterung waren nun die vorherrschenden Gefühle in der Seele, während der Seelenfänger sie bereitwillig aufnahm. Als sie von der dunklen Essenz verschlungen wurde, lief das Leben des jungen Mannes wie ein Film vor den grau aufleuchtenden Augen des Seelenfängers. Die bedeutsamsten Ereignisse seines Lebens tauchten als große Bilder auf und verschwammen zum nächsten Bild. Der liebevolle Blick seiner Mutter. Das erste Fußballturnier mit seinem Vater. Der plötzliche Tod seines Vaters. Die Depressionen seiner Mutter. Der Aufenthalt im Heim. Die erste Begegnung mit seinem besten Freund. Das Ende seiner Ausbildung als Schreiner. Die erste Begegnung mit seiner Frau. Die ersehnte Hochzeit. Die Geburt der Tochter. Der Verlust seiner Arbeit. All diese Bilder waren mit Unmengen Emotionen verbunden, die der Seelenfänger nicht erfassen konnte, weil sie zu menschlich waren. Er konnte den Schmerz oder die Wärme fühlen, in sehr abgeschwächter Form, aber er konnte es nicht verstehen, es nicht verarbeiten.

Innerhalb von wenigen Sekunden hatte die dunkle Essenz die Seele verschlungen und verzerrte sich bereits nach neuer Energie. Daher folgte er dem Ziehen in seiner Brust und ließ die menschliche, leere Hülle zurück in der Wohnung. Für den Seelenfänger verging die Zeit langsamer als für die Menschen, denn nur so konnte er überall auf der Welt sein und die Seelen einsammeln, doch er hatte dennoch nie genug Zeit. Gerade befand er sich in China, doch wenige Minuten später war er in Deutschland. Dort musste er auf die Seele warten, denn dort wurde eine junge Frau von zwei weißen Nebelwolken verfolgt. Plötzlich zog etwas anderes in seinem Inneren und er brauchte nicht lange, um zu erkennen, dass es nicht die dunkle Essenz war. Es war die natürliche Verbindung zu Mira, die sie beide miteinander verband und die immer stärker wurde. Eine Energie brodelte in ihm oder viel mehr in Mira, doch er konnte ihre Seele auf eine ganz andere Art spüren, als die Menschen es konnten. Das, was Mira gerade empfand, war nicht von dieser Welt, denn der Seelenfänger kannte diese Energie nur allzu gut. Sie und die dunkle Essenz waren sich so ähnlich und doch könnten sie sich nicht mehr unterscheiden.

Die dunkle Essenz in ihm meldete sich und forderte mit Nachdruck seine Aufmerksamkeit, sodass sich der Seelenfänger wieder auf seine Aufgabe konzentrieren musste. Mira war eine Störung für ihn, erkannte er. Sie lenkte ihn ab, ihre menschlichen Emotionen irritieren ihn, veränderten ihn. Er konnte es noch nicht beschreiben, benennen oder gar greifen, doch er wusste, dass es da war. Und ihm war ebenfalls bewusst, dass er diese Störung beheben musste, aber wie sollte er das schaffen?

All diese Gedanken ... warum dachte er so viel darüber nach, wo doch das Einsammeln der Seelen sein einziger Gedanke sein sollte. Wieder erlangte die dunkle Essenz mit einem starken Ziehen in seinem Inneren seine Aufmerksamkeit zurück und erinnerte ihn, dass hier Seelen auf ihn warteten. Er musste also zu einem anderen Zeitpunkt über Mira nachdenken, obwohl sie durch die Verbindung doch stets präsent war.

***

Als ich schließlich fertig geduscht hatte, stand ich erneut vor meinem kleinen Spiegel im Badezimmer und betrachtete mein blasses Gesicht. Seit meiner Begegnung mit dem Seelenfänger untersuchte ich bei jeder Möglichkeit mein Äußeres auf irgend-welche Veränderungen. Doch wie auch beim letzten Mal hatten meine Augen immer noch ihre übliche Bernsteinfarbe und die Augenringe waren verschwunden. Meine Haut war nicht mehr so blass, sodass ich wesentlich gesünder aussah. Und trotzdem ... waren mir die Augen, die mir im Spiegel entgegenblickten, fremd. Ich beugte mich vor, um meine Iris aus der Nähe zu betrachten, vielleicht hatte ich ja was übersehen.

Da ich so vertieft in den Anblick war, jagte das laute unerwartete Klopfen meinen Puls innerhalb eines Herzschlags in die Höhe und mir wurde schlagartig heiß.

»Ich hoffe, du versteckst dich da drin nicht vor mir, weil ich natürlich ein unglaublich attraktiver Mann bin, der jede Frau etwas einschüchtert. Also komm schon raus«, plauderte Taric vor der Tür, als wollte er gerade ein verstörtes

Reh beruhigen. Ich riss die Tür auf und wollte ihm gerade eine Ansage machen, als mich sein überraschtes »Oh« stoppte.

Völlig abgelenkt von meinem Spiegelbild und dann provoziert von seiner Aussage, hatte ich völlig vergessen, dass ich noch nackt war. Sofort stieg mir die Hitze in die Wangen und ich verdeckte meinen Körper so gut es ging mit meinen Händen. Unfähig mich zu bewegen oder zu handeln, stand ich peinlich berührt vor Taric, der keinerlei Anstalten machte, sich umzudrehen. Stattdessen ließ er seinen Blick über meinen Körper wandern, als wäre ich irgendein Schatz, den er gerade gefunden hatte, bevor er zu seiner lockeren Art zurückfand.

»Ach Süße, keine Sorge, du bist nicht die erste Frau, die ich nackt sehe und ich wäre dir sehr verbunden, wenn wir langsam los könnten. Mein Magen knurrt schon wie der eines hungrigen Löwen.« Beim letzten Teil redete er mehr mit sich selbst als mit mir, während er sich wieder auf den Weg ins Wohnzimmer machte. An seinen Versen klebte Bo, der mich keines Blickes würdigte und laut schnurrend seiner neuen großen Liebe folgte.

Ich wäre am liebsten im Erdboden versunken und war mir sicher, ich könnte ihm nie mehr in die Augen sehen.

Schnell warf ich einen gewagten Blick um die Ecke, um sicherzugehen, dass Taric sich wieder nur für sich selbst interessierte. Dann huschte ich schnell in mein Schlafzimmer und knallte die Tür ein wenig fester zu, als ich es gewollt hatte. Wenigstens konnte ich nun wieder atmen, ohne dass mir der Kloß in meinem Hals die Luft abschnürte. Ein erleichterter Seufzer entfuhr mir und ich öffnete meine Schranktüren, um mich anzuziehen. Doch da traf ich schon auf das nächste Problem: Was sollte ich anziehen? Taric führte mich zum Essen aus, da konnte ich wohl kaum in einer einfachen Jeans und einem nicht wirklich passenden T-Shirt hingehen. Vor allem fiel mir gerade ein, dass Taric zwar auch eine Jeans trug, aber sie passte ihm, als wäre sie für ihn entworfen worden. Dazu hatte er ein dunkelblaues Hemd angezogen und wirkte auf diese Weise gleichzeitig lässig und elegant. Mit diesem Outfit konnte er auch locker über den roten Teppich in Hollywood laufen und wäre trotzdem der Mittelpunkt unter den Promis.

Nervosität stieg in mir hoch und ich stand ratlos vor meinem Schrank. Jeder Blick zu meinem Wecker verriet mir, dass die Zeit auf einmal rasend schnell vorbei ging und vor lauter Verzweiflung, probierte ich einfach ein Outfit nach dem anderen an. Nachdem ich allerdings alle für nicht akzeptabel befunden hatte, holte ich schnell mein Handy aus dem Flur und schrieb Jill eine Nachricht. Es dauerte keine zwei Minuten, bis sie mir antwortete und ich sofort in meinem Kleiderschrank wühlte. Schließlich fand ich den schwarzen Jumpsuit, den ich gesucht hatte.

Es war ironisch, dass Jill meine Kleidungsstücke besser kannte als ich. Ich schlüpfte schnell in eine schwarze, nur leicht durchsichtige Strumpfhose und zog den kurzen Jumpsuit dann darüber. Dann warf ich einen Blick in den Spiegel an meinem Schrank. Meine langen Beine wurden perfekt in Szene gesetzt und durch den freien Rücken, wurde auch nochmal mein Po besonders betont. Mir war bewusst, dass ich nicht unbedingt zu den hässlichen Entlein gehörte, aber dass ich so...sexy sein konnte, wusste ich nicht. Diese Seite an mir war mir sehr fremd und neu, aber je länger ich in die Spiegel sah, desto besser gefiel es mir.

Ich ging rüber ins Wohnzimmer und sagte: »Können wir dann?«

Die leichte Unsicherheit überspielte ich mit einem provozierenden Grinsen. Taric hatte bis gerade Bo seine volle Aufmerksamkeit geschenkt, aber jetzt starrte er mich an und vergaß den dicken Kater neben sich, als er zu mir kam. "Dann lass uns gehen", hauchte er beinahe, als könnte er diesen Moment zerstören, wenn er zu laut redete. In diesem Moment, in dem er mir so nah war, hatte er eine so selbstbewusste und attraktive Ausstrahlung, dass meine Kehle austrocknete und ich dieses Mal keinen klugen Spruch auf Lager hatte. Er drängte sich bewusst langsam an mir vorbei, ohne mich zu berühren. Sein Geruch nach frisch gemähtem Rasen, Äpfeln und Honig stieg mir in die Nase. Ich fragte mich, welches Parfüm er nutzte, denn ich hatte noch nie so einen Duft gerochen. Während er schon an der Tür war, schloss ich einen Moment die Augen und inhalierte den letzten Rest seines unverkennbaren Parfüms, bevor ich ihm auf meinen Highheels folgte.

Bisher hatte ich mir keine Gedanken darüber gemacht, wo wir hingingen und vor allem, wie wir dorthin kamen. Daher ging ich nun davon aus, dass ich uns fahren musste, und ging automatisch zu meinem alten Wagen.

»Was machst du denn da?«, fragte Taric irritiert und blieb auf halbem Weg stehen.

»Ich...äh...ich dachte«, stammelte ich und ärgerte mich darüber, dass ich keinen vernünftigen Satz zustande brachte. Sein Lächeln wurde sofort breiter und er klirrte mit den Schlüsseln in seiner Hand, die er hochhielt. Überrascht steckte ich meinen Eigenen in meine Handtasche und schloss zu Taric auf. Wieder ganz der alte hob er den Autoschlüssel über seine Schulter und einige Meter hinter ihm klickte ein nagelneues, schwarzes Cabrio. Mit einem frechen Grinsen drehte er sich um, ging zur Beifahrerseite und hielt mir mit hochgezogenen Augenbrauen die Türe auf.

Dankbar, dass Jill mir kein kurzes enges Kleid empfohlen hatte, ließ ich mich auf den tiefen Sitz nieder und wartete darauf, dass Taric ebenfalls einstieg. Als wir losfuhren, wirbelte mir mein langes Haar ins Gesicht und ich hatte Angst, dass ich aussah, als käme ich gerade aus dem Bett. Dennoch genoss ich den warmen Wind, der meine Haut streifte und der Geruch nach Regen von vor ein paar Stunden, entspannte meine Seele. Ich war schon so lange nicht mehr als Beifahrer mit dem Auto gefahren, dass ich völlig vergessen hatte, wie sehr ich es mochte, einfach gedankenleer die Gegend zu betrachten.

»Warum bist du so still?«, wollte Taric irgendwann wissen und ich hatte die wage Vermutung, dass diese Fahrt nicht nur fünf Minuten dauerte.

»Ich finde Autofahren sehr entspannend«, gab ich gelassen und zufrieden zurück, wobei ich ihm ein wirklich aufrichtiges Lächeln schenkte.

Ich finde Auto fahren sehr entspannend? Damit machte ich mich sicher für jeden Kerl attraktiv.

Trotzdem war seine Antwort ein ebenso aufrichtiges Spiegelbild meines Gesichtsausdrucks, daher waren keine weiteren Worte notwendig und wir schwiegen den Rest der Fahrt.

141

Als wir endlich nach fast einer Stunde auf den Parkplatz des Restaurants fuhren, war schon außen deutlich zu erkennen, dass hier nicht jeder einfach einen Tisch reservieren konnte. Der Eingang war mit einem roten Teppich ausgelegt und wurde von einer schwarzen Kuppel überdacht. Vor der Tür standen zwei Türsteher und ein Mann im Anzug, der scheinbar die Namen der eintreffenden Leute in einem dicken Buch kontrollierte. Die Fenster hatten alle unterschiedliche Bilder aus buntem Glas, sodass man von draußen nicht hereinsehen konnte. Eine lange Schlange hatte sich vor dem "Lebensglück" gebildet und ich fragte mich unwillkürlich, wer auf so einen Namen für ein Restaurant kam.

»Das sieht sehr luxuriös aus...«, flüsterte ich beeindruckt und mehr zu mir selber als zu Taric. Dieser allerdings lehnte sich zu mir rüber und flüsterte zurück, als wollte er unser Gespräch vor unsichtbaren Zuhörern geheim halten. »Das ist es auch und es ist extrem teuer, aber auch sehr gut!«

Ich riss die Augen auf und sah ihn ungläubig an. Tatsächlich wusste ich überhaupt nichts über Taric und fühlte mich sofort unwohl. Vielleicht war er irgendein Verrückter, der mich zum Essen ausführte und mich danach in seinem Keller einsperrte. Ich sollte schnellstens mehr über ihn in Erfahrung bringen, daher begann ich direkt mit meiner ersten Frage.

»Was machst du eigentlich beruflich?«

Irgendwie musste er das teure Restaurant ja bezahlen und anscheinend musste er auch ein sehr edler Mann sein, wenn er hier einen Tisch reservieren konnte. Wir stiegen aus und gingen auf die lange Schlange vor dem Eingang zu, während ich bei ihm eingehakt war. Ich dachte, er würde mir gleich

eine ausführliche Erklärung darüber geben, wie seine beruf-
liche Laufbahn verlaufen war, aber er grinste nur wieder so
bekloppt, wie er es manchmal tat.

Kapitel 14

„Veränderungen muss man annehmen,
um das Positive in ihnen zu sehen."

Wir drängten uns an der Menschenmenge vorbei und ernteten dabei nicht einmal Beschwerden, dass wir uns vordrängelten. Sämtliche Augenpaare richteten sich auf uns und ich überprüfte reflexartig, ob meine Kleidung dreckig war oder zu viel Ausschnitt zeigte. Aber mit mir war alles in Ordnung, daher zog ich Taric zu mir runter und flüsterte: »Bist du irgendein Star oder sowas?«

Er lachte leise, bevor er gelassen antwortete: »Sei nicht albern, ich bin der Chef hier.«

Ich starrte ihn ungläubig an, während die Türsteher uns kaum merklich zunickten und der Ältere, aber dennoch sehr gepflegte und edle Herr vor seinem Buch Taric mit einem »Sir« begrüßte.

»Du machst Witze«, sagte ich, als wir in den dämmrig beleuchteten Flur kamen, wusste aber bereits, dass er keinen Scherz gemacht hatte.

Das alles spielte allerdings keine Rolle mehr, als wir in den Hauptraum des Restaurants kamen und mein Mund aufklappte. Hier gab es so viel zu sehen, dass ich nicht wusste, wo ich zuerst hinsehen sollte und gleichzeitig Panik bekam, dass mir etwas entgehen könnte. Zur einen Seite befanden sich runde Tische für ein romantisches Dinner zu zweit. Es waren gemütliche Nischen mit einer hübschen bogenförmigen Steinwand als Öffnung, sodass jedes Paar seine Privatsphäre in vollen Zügen genießen konnte und Gespräche unter vier Augen blieben. Aber auch eine größere

Gruppe hatte hier keine Probleme, einen Platz zu bekommen, denn zu meiner anderen Seite befanden sich große rechteckige Tische mit mindestens zehn Stühlen. Auch diese wurden durch schöne Pflanzen in dunkelroten Töpfen, die zwischen den einzelnen Tischen standen, zu einer Art privaten Nischen. Überall im Restaurant hingen schüsselförmige Lampen an der Wand, die dem Raum eine gemütliche und edle Atmosphäre verliehen, und ich fragte mich, ob sich Glühbirnen oder echte Kerzen in den Gehäusen befanden.

Mitten im Raum führte eine breite Treppe mit verschnörkeltem Geländer nach oben, wo scheinbar noch mehr Tische für die Besucher des Restaurants standen. Die schwarze Decke mit den winzigen Lichtern fesselte augenblicklich meine Aufmerksamkeit, denn es sah aus, als säße man unter einem freien Sternenhimmel. Einzelne kleine Bäume standen entlang des Geländers, welches sich einmal um die gesamte obere Fläche zog.

»Das Beste an dieser Decke hast du noch gar nicht gesehen«, hauchte Taric neben mir, als wollte er mein Staunen eigentlich überhaupt nicht unterbrechen.

Mein Blick wanderte kurz zu seinem erfreuten Gesicht, bevor meine Augen schon etwas Neues entdeckten. Hinter der Treppe befand sich offenbar die Küche, in deren Wand ein langes Aquarium integriert war, sodass man durch sie hindurch in die Küche schauen konnte. Sowohl links als auch rechts neben den Treppen befanden sich offenbar zwei Durchgangstüren, denn von beiden Seiten kamen Kellnerinnen, die mit mehreren Tellern und zügigen Schritten durch das Restaurant liefen.

»Sowas habe ich noch nie gesehen...«, eigentlich war das nur ein Gedanke gewesen, aber ich hatte ihn vor lauter Begeisterung für die Besonderheiten in diesem Restaurant laut ausgesprochen. Klar sah das "Lebensglück" auch von außen wahnsinnig luxuriös aus, aber sein Inneres ...Wow! Es wirkte, als würden hier nur die sehr Reichen und Bekannten essen gehen.

»Ja, das Design war mir besonders wichtig. Ich wollte etwas schaffen, was die Menschen zum Staunen bringt und offensichtlich funktioniert es«, antwortete Taric und wirkte dabei weder eingebildet noch herablassend, sondern einfach nur sehr glücklich darüber.

Er zog mich sanft weiter, da ich wohl unbemerkt stehen geblieben war, um alles genau zu betrachten. Wir stiegen die mit dunkelrotem Teppich ausgelegte Treppe hinauf, sodass ich nun einen Blick auf die gesamte untere Ebene werfen konnte. Durch den Teppich, der den gesamten Boden des Restaurants bedeckte, wurde die Lautstärke schon etwas reduziert. Die Steinverkleidung an der Wand rundete das Gesamtbild perfekt ab und ich musste zugeben, dass Taric wirklich einen guten Geschmack hatte. Schließlich erreichte mein Blick die obere Ebene, welche ebenfalls den gleichen roten Teppich zeigte, aber wenn ich unten schon gedacht hatte, es sei edel, dann war das hier überhaupt kein Vergleich.

Die gepolsterten Stühle sahen alt aus, waren aber soweit liebevoll aufgearbeitet, sodass sie ein antikes und gleichzeitig modernes Aussehen bekamen. Zwischen den jeweils zwei Stühlen stand ein edler Holztisch, dessen Beine mit feinen Blumenschnitzereien verziert waren, die ich erst erkannte, als wir uns an unserem Platz niederließen. Es gab hier so viele Details, sodass meine Sinne allmählich überfordert waren und meine Augen bereits brannten. Und mein Gott, woher kam dieser atemberaubende blumige Geruch? Ich schloss für einen Moment die Augen und atmete tief ein, bevor ich Taric meine Aufmerksamkeit schenkte. Seine grünen Augen leuchteten glücklich und sein Lächeln wirkte, als freute er sich über meine Freude.

Noch bevor ich ihn mit Fragen bombardieren konnte, tauchte bereits die Kellnerin auf und reichte erst mir, dann Taric die Speisekarte. »Darf es schon etwas zu trinken sein?«, fragte sie mit freundlicher, hoher Stimme und einem zuckersüßen Lächeln. Taric sah mich mit erhobenen Augenbrauen an und gab mir den Vortritt. Am liebsten hätte ich gern einen Kaffee bestellt, aber irgendwie erschien mir das unpassend. Nach kurzem Überlegen nahm ich ein Sprudelwasser, während Taric irgendeinen Wein bestellte.

Danach schlug ich die Speisekarte auf und sah mir die Gerichte an ... und dann die Preise. Ich warf Taric einen schockierten Blick zu, der seine Karte nicht einmal aufgeschlagen hatte.

»Wer bezahlt denn so viel für einen Salat? Für 24,95€ bekommt man in normalen Restaurants ein ganzes Gericht«, beschwerte ich mich und überlegte kurz, ob ich überhaupt etwas essen sollte. Ein herzhaftes Lachen entschlüpfte ihm und sein Klang liebkoste meine Ohren.

»Na ja, der Salat hier ist ein ganzes Gericht und normalerweise kommen hier Menschen hin, für die das praktisch Kleingeld ist. Auch der ein oder andere Promi kommt gerne hier her und genießt es, dass keine Paparazzi oder Fans ihnen hier auflauern können. Auch Reporter bekommen von meinen Angestellten und mir keinerlei Informationen, das ist mir sehr wichtig.« Er betonte seinen letzten Satz und sah mich eindringlich an. Eindeutig ein Zeichen dafür, dass auch ich Informationen streng für mich behielt.

Die junge Kellnerin kam mit unseren Getränken und wollte nun wissen, was wir essen wollten.

»Ich lade dich zum Essen ein, also mach dir um die Kosten keine Sorgen.«

Mit einem kurzen Zögern und einem verunsicherten Blick zur lächelnden Kellnerin studierte ich wieder die Speisekarte und versuchte dabei die Preise zu ignorieren. Es gab so viele gut klingende Gerichte, dass ich fast nicht wusste, welches ich wählen sollte. Schließlich beschloss ich, mal etwas Neues zu probieren und bestellte einen Salat mit Putenfleisch und Ananas. Das klang zwar nicht unbedingt nach der besten Kombination, allerdings mochte ich Ananas wirklich gern und hoffte einfach, es wäre eine erfrischende Abwechslung.

Einen Moment später kam die Kellnerin wieder und servierte uns einen kleinen Korb mit Baguette und Butter. Das hieß wohl, ich hatte nun etwas Zeit Taric ungestört meine Fragen zu stellen.

»Wie bist du hierzu gekommen?«, fragte ich und machte mit der freien Hand eine ausladende Bewegung, während ich in der anderen ein Stück Baguette hielt. Taric sah sich grinsend um und machte sich dabei nicht die Mühe seinen Stolz zu verbergen.

»Nach der Schule, habe ich eine Ausbildung zum Koch gemacht und habe dann eine Weile in einem noblen Restaurant gearbeitet. Da ich das Kochen liebe und außerdem sehr kreativ und experimentierfreudig auf diesem Gebiet bin, habe ich immer mal wieder neue Gerichte probiert. Die kamen dann so gut bei den Gästen an, dass die Zeitung einen Artikel über mich schrieb. Von da an waren wir jeden Abend voll reserviert und jeder, der bei uns essen wollte, musste Wochen im Voraus einen Tisch reservieren. Irgendwann habe ich mich dann selbstständig gemacht und hatte Besuch von Schauspielern oder Musikern. Natürlich hatte ich Glück, dass ich dadurch relativ schnell bekannt wurde und dieses Baby hier finanzieren konnte.«

Ich war mir nicht sicher, aber ich glaubte, ich hatte Taric noch nie so viel am Stück sagen hören, ohne dabei Witze zu machen. Unwillkürlich fragte ich mich, wie alt er war, denn entweder war er älter, als er aussah oder hatte einfach wahnsinnig schnell Erfolg erlangt. „Wie alt bist du?" Andere Menschen hätten diese Frage vielleicht ein bisschen dezenter formuliert, aber ich war eben nicht wie andere Menschen.

»Ich bin 29«, sagte er und zeigte beim Grinsen wieder seine perfekten weißen Zähne. Ok, dann traf also meine zweite Vermutung zu.

»Wo wohnst du?«, fragte ich als Nächstes und arbeitete meine Liste an Fragen weiter ab, während ich mir das nächste Stück Baguette in den Mund schob. Ich würde mich vermutlich bereits am Brot satt gegessen haben, bevor mein Salat überhaupt kam.

»Wird das ein Verhör?«, lachte Taric herzhaft und nahm sich nun endlich auch sein erstes Stück Baguette. Mir war gar nicht in den Sinn gekommen, dass es für Taric vielleicht seltsam wirken konnte, wenn ich ihm eine Frage nach der anderen stellte. Hitze stieg mir in die Wangen und ich senkte peinlich berührt den Blick.

»Ich wohne 15 Minuten mit dem Auto entfernt, damit ich in Notfällen hier einspringen kann. Das freut mich immer am meisten, ich liebe das Kochen und dieser ganze Papierkram, den man als Chef zu erledigen hat, ist nicht sehr spaßig«, gab er dann doch preis, was ich wissen wollte und erstaunte mich erneut. Das "Lebensglück" wirkte eher wie eines der Restaurants, in denen der Chef nicht mehr selber arbeitete, doch Taric saß hier und war stolz darauf immer noch selber in seiner Küche zu stehen und für andere Menschen zu kochen.

Da ich jetzt mit meinen Gedanken und Baguette essen beschäftigt war, blieb ich nun stumm und Taric schien genug Entertainment damit zu haben, mich beim Stirnrunzeln zu beobachten. Wie konnte jemand so viel erreicht haben und trotzdem so normal sein? Beziehungsweise ja eigentlich nicht normal, denn Taric war alles andere als das. Überall, wo er war, erstrahlte das Leben in den Augen der Menschen und sie schienen glücklich zu sein. Und das, obwohl 80% der Menschheit in ihrem Inneren nicht glücklich war. Ich konnte nicht genau sagen, was Taric so besonders machte, während ich ihn betrachtete, als wäre er gar nicht real vor mir sondern nur ein altes Foto. Seine grünen Augen waren so rein, keine Maske oder Lüge, nichts Böses befand sich unter seiner Oberfläche. Ich hätte niemals gedacht, dass ich mal auf einen solchen Menschen treffe, aber hier war er.

Nachdem das Körbchen mit dem Baguette leer war und wir eine Weile geschwiegen hatten, kam nun endlich unsere Bestellung. Als die Kellnerin meinen Teller auf den Tisch stellte, musste ich kurz schlucken. Der Preis hatte mich zu Beginn sehr abgeschreckt und ich hatte mich gefragt, wie man so viel Geld für einen Salat ausgeben konnte. Doch dieser Teller war riesig und obwohl ich eine sehr gute Esserin war, bekam ich soeben Zweifel, ob ich alles aufbekommen würde. Wie ein verunsichertes Kind nahm ich meine Gabel und wusste gar nicht, von welcher Seite meines Salats ich zuerst nehmen sollte. Also pikte ich einfach mitten rein und erwischte ein Salatblatt, ein Stück Putenfleisch und geraspelten Käse. Taric sah mich erwartungsvoll an, als ich die Gabel in den Mund schob. Ich hätte nie gedacht, dass etwas so gut schmecken konnte! Die Kombination aus zartem Putenfleisch, einer minimal säuerlichen Ananas, dem frischen Salat und einem Joghurtdressing mit verschiedenen süßen Früchten war einfach unbeschreiblich. Mit großen Augen und einem breiten Grinsen im Gesicht sah ich Taric an und das einzige, was ich sagen konnte, war: »Wow.«

Zufrieden mit meiner Reaktion nahm auch er jetzt seine Gabel in die Hand und begann seine Nudeln zu essen.

»Was hast du bestellt?«, wollte ich wissen in der Hoffnung, dass ich sein Gericht probieren dürfte.

»Ich habe Nudeln mit Zitronen-Butter-Soße und Putenfilet bestellt«, erklärte er und machte eine Pause, bevor er weiter redete. »Das war eines meiner ersten Gerichte. Willst du es probieren?«

Durch mein aufgeregtes Nicken fielen mir Strähnen meines viel zu langen Haars ins Gesicht, die ich eilig zur Seite schob, um auch von seinem Gericht zu probieren. Ein zweites Geschmacksfeuerwerk explodierte in meinem Mund, denn neben der Zitronen-Butter-Soße waren die Nudeln noch genial gewürzt. Ich war beinahe versucht, einfach unsere beiden Teller zu nehmen und mit ihnen davon zu laufen, um beides essen zu können, denn ich konnte mich nicht entscheiden, was mir besser schmeckte.

Schließlich hatte ich so viel gegessen, dass mein Bauch aussah, als wäre ich schwanger und mir war so schlecht, dass ich am liebsten gar nichts mehr gesagt hätte, bis das Übelkeitsgefühl nachgelassen hatte. Ich wünschte mir insgeheim, jemand würde mich nach Hause rollen und ins Bett heben, sodass ich dort ungestört alles in meinem Magen verdauen konnte.

Ich hatte meinen Salat tatsächlich nicht vollständig aufgegessen, vermutlich hatte ich gerade einmal die Hälfte geschafft, aber zu meiner Verteidigung hatte ich dreister-weise auch immer wieder von Tarics Teller gegessen. Dieser hatte sich darüber nur köstlich amüsiert und fragte mich irgendwann, ob er sich einfach etwas Neues bestellen sollte. Ich spielte kurz mit dem Gedanken, ihm eine Ansage zu machen, dass er sich nicht so anstellen solle, dass ich ja auch gar nicht so viel von seinem Teller gegessen hatte, entschied mich aber dann doch dagegen. Zu sehr war ich damit beschäftigt, die Verwöhnung meines Geschmackssinnes zu genießen.

»Ich sagte ja, ich bin ein guter Koch«, stellte Taric selbstverliebt fest und grinste wieder dieses eingebildete Grinsen. Wie konnte man denn nur so von sich überzeugt sein, fragte ich mich und verdrehte mit einem Lächeln die Augen. Normalerweise war diese Art von Typen so über-haupt nicht meins. Ich gab mich für gewöhnlich nicht mal mit ihnen ab, nachdem ich ihnen eine Ansage gemacht hatte, dass richtige Männer auch ohne hohes Ross groß genug waren. Aber Taric war dabei so unglaublich amüsant, dass ich es bei ihm nicht als so schlimm empfand.

»Also deine Eltern müssen ja wahnsinnig stolz auf dich sein«, lobte ich ihn für seine wunderbaren Gerichte, wobei ich mich stets konzentrieren musste, keinen Gedanken an meine eigenen Eltern zuzulassen.

Einem Moment lang starrte er abwesend in sein Weinglas und für einen Bruchteil einer Sekunde war da irgendwie so etwas wie Trauer zu sehen. Aber vielleicht hatte ich mir das auch nur eingebildet, denn sofort war da wieder dieses Lächeln auf seinem Gesicht.

»Ich glaube schon, dass sie stolz auf mich sind. Ich konnte sie nicht fragen, bevor ihre Seelen eins mit der Natur wurden.«

Das war so typisch ich, erstmal direkt von einem Fettnäpfchen ins nächste. Hätte ich gewusst, dass seine Eltern bereits tot sind und das offensichtlich schon längere Zeit, dann hätte ich nichts gesagt.

»Oh, das wusste ich nicht«, entschuldigte ich mich und war innerlich wirklich betroffen. Ich wollte selber nicht auf meine Eltern angesprochen werden und stellte mir immer vor, dass andere das auch nicht wollte.

»Hey, schon ok. Ich bin nicht traurig darüber«, begann er und während er seinen Standpunkt erklärte, drang die sanfte Musik im Restaurant in den Hintergrund, bis ich sie nicht mehr hörte.

»Mira, im Leben ist nicht alles fair und wir verstehen nicht immer, warum manche Dinge geschehen. Aber das gehört nun mal dazu, alles erfüllt seinen Sinn. Wir müssen alle irgendwann mal gehen, aber im Gegensatz zu meinen Eltern, lebe ich noch. Ich kann nicht zulassen, dass mir ihr Tod das Leben aussaugt und ich innerlich nur noch vor mich hinvegetiere.«

Seine Stimme klang gleichzeitig ernst und locker, aber keineswegs traurig. Er war fest entschlossen seine Zeit auf dieser Welt zu nutzen und ich bewunderte ihn für diese Gedanken und Gefühle. Wie sehr wünschte ich mir, genauso denken und fühlen zu können und doch blieb mir dies verwehrt.

Taric ergriff meine Hände auf dem Tisch und seine Wärme durchflutete meinen Körper.

»Mira, wir leben!« Er machte eine kurze Pause, sah mir aber intensiv in die Augen, während sich diese prickelnde Energie überall in mir verteilte und aus mir beinahe selbst eine Energiequelle machte. Die Lässigkeit war bei seinen nächsten Worten vollständig verschwunden. »Aber wir müssen auch lebendig sein.«

Es dauerte einen langen Moment, bis seine Worte durch meine Maske, meine Oberfläche, meinen Verstand, in mein Herz sickerten und während das geschah, konnte ich nichts weiter tun, als Taric anzustarren. Er hatte mich durchschaut, die Leere in mir erkannt, obwohl er mich nicht kannte und er hatte so Recht. Ich musste meine Eltern loslassen ...

Kapitel 15

„Nichts ist für sich zu betrachten.
Alles ist mit allem verbunden."

Mein Blick fiel unbewusst auf meine Hände, die immer noch unter Tarics großen, schönen Händen lagen. Es war diese Verbindung ... Ich riss meine Arme weg und fühlte mich, als würde ich gerade nüchtern werden.

»Was...was war das?«, fragte ich irritiert in der Hoffnung, Taric würde mich darüber aufklären, was gerade passiert war.

»Was meinst du?« Taric zog die Augenbrauen hoch und machte den Eindruck, als wisse er nicht, von was ich redete.

Ich sah mich im Restaurant um, während die Musik allmählich wieder meine Ohren erreichte und der dumpfe Lärm der vielen Gespräche wieder an Intensität zunahm. Ich betrachtete Taric misstrauisch, der mich beobachtet hatte und nun den letzten Schluck seines Weins trank. Irgendetwas stimmte mit diesem Mann nicht, aber ich wusste einfach nicht was. Ich untersuchte seine Augen auf irgendeinen Hinweis, doch außer dem strahlenden, lebendigen Grün war dort nichts Ungewöhnliches zu sehen.
Ich wollte ihm gerade erzählen, was ich gefühlt hatte, damit er mir erklären konnte, was passiert war, bekam aber keine Gelegenheit mehr dazu. Die freundliche Kellnerin fragte aufmerksam, ob uns das Essen geschmeckt hatte, und ich nickte eifrig, während ich nach Worten suchte, die am besten passten.

»Ja, es war ganz fantastisch, das Beste, was ich je gegessen habe«, stolperte ich beinahe über meine Worte, um ihr zu zeigen, wie zufrieden ich war.

»Nicole, ich würde unserem Gast hier gern das besondere an unserem Restaurant zeigen«, sagte er geheimnisvoll zur Kellnerin mit dem kurzen blonden Bob und sehr weiblichen Gesichtszügen. Er zwinkerte ihr zu und sie verließ den Tisch beinahe mit einer kindlichen Aufregung.

Irritiert folgte mein Blick der jungen Kellnerin, bevor ich erwartungsvoll zu Taric sah.

»Warte ab«, sagte er nur und zeigte mit dem Zeigefinger an die Decke. Ich legte den Kopf in den Nacken und betrachtete die kleinen Lichter an der schwarzen Decke. Plötzlich ertönte ein metallisches tiefes Geräusch und über mir wurde die Decke in beide Richtungen aufgeschoben. Zum Vorschein kam nun eine Glaskuppel, die mir vom Parkplatz aus gar nicht so groß vorgekommen war. Mittlerweile war schon fast Abend, sodass der Himmel bereits dunkel geworden war und Gewitterwolken aufgezogen waren. Die Musik im Restaurant war verstummt und sämtliche Gäste betrachteten die Lichtershow des Blitzes. Der Klang der feinen Regentropfen, die auf das Glas trafen, brachte meine Seele zur Ruhe. Ich genoss den Moment, wie offensichtlich alle hier.

»Unglaublich«, hauchte ich und wünschte, ich könnte für immer in diesem Moment bleiben. Ich liebte Gewitter und das Geräusch von Regen, wenn man im Warmen saß. Ich hatte nie jemandem erzählt, welche Gefühle es in mir auslöste, weil es vermutlich niemand verstand. Aber ich identifizierte mich mit diesem Wetter, ich fühlte mich ihm mehr verbunden, als ich mich den Menschen verbunden fühlte. Egal wie sehr ich es versuchte, ich konnte meinen Blick nicht von den Blitzen abwenden, die den Abendhimmel erhellten. Der laute Knall des Donners jagte mir einen genüsslichen Schauer über den Rücken und ich spürte auch hier die Energie, die sich kribbelnd über meine Haut zog. Irgendwie erinnerte mich das an Taric, der ein ähnliches Gefühl in mir auslöste. Ich warf ihm einen verstohlenen Blick zu, doch er war ebenso fasziniert von dem Spektakel über unseren Köpfen.

***

Immer wieder flossen Abdrücke von Miras Gefühlen durch die Verbindung in den Seelenfänger, sodass seine Aufmerksamkeit immer wieder von seiner Aufgabe abgelenkt wurde. Inzwischen beschäftigte er sich intensiv damit, was er machen sollte, damit sie die Nebelwolken sehen konnte. Bisher hatte er aber weder eine logische Erklärung noch eine mögliche Lösung gefunden. Seine Vermutung war, dass sie erst ihr Schicksal akzeptieren musste, aber einen Beweis hatte er nicht. Er glitt vorbei an weißen und grauen Nebelwolken und die dunkle Essenz in seinem Inneren zerrte ihn in eine andere Richtung, aber der Seelenfänger hatte seinen Weg gezielt gewählt. Auf einmal wusste er genau, wo er hinmusste, um sein Problem zu lösen und er hielt erst einen Moment inne, als er vor dem eleganten Haus stand.

Nur eine strahlend weiße Nebelwolke befand sich darin und bewegte sich durch das ganze Haus. Laute Musik und schräger Gesang waren dumpf zu hören und für die Ohren des Seelenfängers war alles doppelt so laut, weil er zwar

Außenstehender, aber gleichzeitig Teil von allem war. Dennoch glitt er durch die Wand ins Innere und wartete einen Moment. Ja, aber hier hörte sein Plan auch schon auf, denn Menschen konnten ihn nicht sehen, wie sollte er da mit einem reden?

Er drehte sich gerade wieder zum Gehen, um darüber erst noch einmal nachzudenken, da schaltete die junge Frau die Musik aus und fragte zögerlich in die Stille:

»Hallo?«

Er hatte damals im Krankenhaus schon so eine Ahnung gehabt, als Jill ihre Freundin besucht hatte. Da war dieses unruhige Flackern in ihrer weißen Nebelwolke, das er jetzt auch beobachten konnte. Sie war also einer der Menschen, die empfindlich für das Übernatürliche waren, sodass ihre Seele ihn wahrnahm. Ihren Augen blieb er verborgen, aber sie spürte die eisige Kälte, die den Raum erfüllte und auch die Anwesenheit einer weiteren Energie. Vielleicht konnte er also ihre Gedanken er-reichen, um mit ihr in Kontakt zu treten.

»Ich brauche deine Hilfe mit Mira«, sprach er in seinem Kopf und öffnete seine Gedanken für jene, die empfindlich dafür waren. Er ließ zu, dass Jills Gedankenwelt eine kurzzeitige Verbindung zu seinem Inneren bekam und obwohl ihm ihre menschliche Erscheinung verwehrt blieb, so offenbarte sich ihm ihre Seele in der menschlichen Hülle. Ihre Gedanken waren eins mit seinen und doch wieder nicht, ihre Seele und die dunkle Essenz des Seelenfängers berührten sich und waren doch Welten entfernt.

Ein schriller Schrei entfuhr Jill und ihre Gedanken überschlugen sich schier. Angst und Aufregung kämpften in ihren Emotionen um die Oberhand.

»Bist du der Tod?«, war ihre erste aufgebrachte Frage, doch fast im selben Moment stellte sie eine für sie viel bedeutsamere.

»Ist Mira etwas passiert? Geht's ihr gut?« Ihre Stimme wurde leise und brach am Ende. Alle Angst vor dem Seelenfänger war verschwunden, jetzt baute sich Angst um ihre Freundin auf. Ihre gelb leuchtende Seele wurde unruhig, flackerte und die Farbe wurde immer wieder blass.

»*Ich bin der Seelenfänger*«, dachte er und hatte ihr die für ihn wichtigste Frage beantwortet.

»Ja ja, schon klar, aber geht es ihr gut?«, wiederholte sie ihre Frage stattdessen und interessierte sich scheinbar nicht für den Seelenfänger oder dafür, was er war.

»*Ja. Aber ich brauche deine Hilfe.*«

Das beruhigte Jill offenbar und sie war nun empfänglich für das, was der Seelenfänger von ihr brauchte.

»Na Gott sei Dank! Ich habe mir schon Sorgen gemacht. Also wobei kann ich dir helfen?«, fragte sie schließlich und ihre Gefühle waren kein bisschen wie die von Mira. Jill hatte keine Angst vor ihm, im Gegenteil, sie freute sich eher darüber, gerade mit dem Tod höchstpersönlich zu sprechen. Ihre quirlige, wechselhafte Art überforderte ihn beinahe, aber die Wichtigkeit seiner Aufgabe zwang ihn zu bleiben.

»*Mira wird meine Nachfolgerin und übernimmt meine Aufgaben. Aber sie hat ihr Schicksal noch nicht akzeptiert und das bereitet uns ein paar Schwierigkeiten*«, erklärte der Seelenfänger sachlich und vermied wie immer seine Sätze mit unnötigen Wörtern auszuschmücken. Nun wartete er auf Jills Antwort, sodass er gleich Mira weiter in ihre Aufgabe einweihen konnte.

»Sie wird deine Nachfolgerin? Das ist so cool. Ist das sowas wie eine Ausbildung?«, fragte Jill und interessierte sich wieder nur für die Dinge, die eigentlich nicht wichtig waren. »Das hat sie mir gar nicht erzählt«, fügte sie dann deutlich betroffen hinzu, bevor die weiße Nebelwolke im Raum hin und her lief.

»Wie bringe ich sie dazu, ihre Bestimmung zu akzeptieren?«, formulierte der Seelenfänger die einzige Frage in seinem Kopf, die wirklich von Bedeutung war.

»Na ja, man muss sie überzeugen«, gab sie zurück, aber auch diese Antwort half dem Seelenfänger nicht weiter.

»Aber wie?«, wollte er wissen und formte die Frage in seinen Gedanken.

»Erst musst du ihr Vertrauen gewinnen. Sie lässt nicht viele Menschen an sich heran. Erzähl ihr was von dir, verbring Zeit mit ihr«, plapperte Jill vor sich hin, als wäre es das Normalste der Welt.

»Oh Mist«, äußerte Jill, als ein Wagen in der Einfahrt hielt und rauschte dann in die Küche, um dort das Licht auszuschalten, bevor sie einen kurzen Moment später wiederkam.

»Ich muss jetzt ins Bett, aber wir können morgen weiterreden. Ich hab noch eine Menge Fragen«, schlug sie vor.

»Ich habe keine Zeit und noch viel zu tun«, formulierte er, bevor er die Verbindung zu Jill beendete und sich dem Ziehen seiner dunklen Essenz wieder hingab.

***

Nach dem wunderbaren Abend hatte Taric mich nach Hause gebracht und da ich nie früh schlafen ging, kam er noch mit hoch. Mein erster Weg ging sofort in die Küche, um mir dort einen Kaffee zu machen, während Taric es sich auf dem Sofa gemütlich machte. Wenig überraschend, dauerte es nicht lange, bis Bo aus seinem Versteck kam und sich zu ihm gesellte. Ich konnte beinahe schon sein verliebtes Schnurren hören und ich fragte mich, ob Katzen vielleicht auch schwul sein konnten. Falls ja, war Bo wohl Hals über Kopf in Taric verknallt. Ich seufzte, denn ich vermisste wirklich das Kuscheln mit dem fetten Wollknäul, jetzt hatte ich keinen mehr.

»Willst du auch was trinken?«, rief ich ins Wohnzimmer, denn nach diesem Abend konnte ich gegenüber ihm kein schlechter Gastgeber mehr sein, ohne ein schlechtes Gewissen zu haben. Doch er verneinte dankend, sodass ich mit meiner Tasse Kaffee zu ihm rüber schlenderte.

»Wird der auch je wieder mit mir kuscheln?«, fragte ich sehnsüchtig und betrachtete die flauschige, schnurrende Kugel auf Tarics Schoß. Ein herzhaftes Lachen ertönte und Taric schüttelte den Kopf.

»Ich weiß es wirklich nicht.« Das war eigentlich nicht die Antwort, auf die ich gehofft hatte, aber ich musste mich wohl damit abfinden. Daher lehnte ich mich an die Rückenlehne des Sofas, setzte mich im Schneidersitz, legte ein Kissen auf meinen Schoß und genoss meinen Kaffee.

»Wie kannst du um diese Uhrzeit Kaffee trinken?«, wollte Taric schließlich wissen und betrachtete mich erheitert. Bisher völlig vertieft in meine inzwischen leere Tasse, warf ich ihm einen irritierten Blick zu und zuckte mit den Schultern.

»Ich brauche den Kaffee«, gab ich zu und stellte meine Tasse auf den Tisch, wobei ich gegen meinen Zeichenblock stieß und ein Stapel Blätter zu Boden fiel. Dankbar, dass meine Wunschliste oben lag und nicht die Zeichnung des Seelenfängers, kramte ich schnell alles zusammen und packte die losen Blätter zurück in den Zeichenblock.

»Was war das für eine Liste?« Taric war wirklich neugierig und tat so, als habe er jedes Recht, alles über mich zu erfahren. Ich hob eine Augenbraue und hielt ihm genau diese Neugier unter die Nase.

»Du bist ja überhaupt nicht neugierig, hm?«

Doch typisch Taric, grinste er nur wie ein Honigkuchenpferd und zuckte seinerseits mit den Schultern, wie ich es vorhin getan hatte. Er sah mich weiterhin erwartungsvoll an und ich hatte den Eindruck, er würde nicht locker lassen. Bo beschwerte sich miauend darüber, dass Taric ihn tatsächlich mal einen kurzen Moment nicht kraulte, weil ihn nun meine Liste wesentlich mehr interessierte. Ich verdrehte die Augen in gespielter Gereiztheit und seufzte schwer, bevor ich das lose Blatt aus meinem Block zog und es ihm hinhielt. Dabei weigerte ich mich, das Blatt oder Taric anzusehen, denn irgendwie war es mir peinlich, diese Wünsche einem fast Fremden zu zeigen. Stattdessen fummelte ich nervös an den Ecken des Kissens auf meinem Schoß und wartete aufgeregt darauf, dass Taric die wenigen Sätze zu Ende gelesen hatte.

»Du willst keine Kinder? Nicht heiraten? Ein Haus besitzen? Oder all die Dinge, die man doch irgendwann im Leben mal erreichen wollte?«

Scheinbar war Taric wirklich sehr überrascht darüber, denn seine Stimme hatte nicht diesen für ihn typischen provozierenden Unterton. Beinahe schon panisch überlegte ich, was ich ihm erklären sollte, denn im Grunde hatte er

Recht. Vielleicht hätten diese Dinge auf meiner Liste gestanden, wenn ich tatsächlich mehr Zeit für mein Leben hätte. Aber ich konnte Taric ja wohl kaum erklären, dass der Tod mich zu seiner Nachfolgerin erklärt hatte.

Jill so etwas zu erzählen, war eine Sache, sie würde mir alles glauben, aber Taric würde mich für vollkommen verrückt halten.

»Äh, ich...hatte einfach nur noch nicht vor, in den nächsten Jahren zu heiraten oder so«, redete ich mich raus und hoffte, dass der Funken Wahrheit in diesem Satz, Taric überzeugte. Erst dachte ich, es würde nicht funktionieren, aber dann nickte er verständnisvoll und schaute sich die Liste erneut an. Dann nickte er erneut, als habe er gerade eine Entscheidung getroffen und sah mich dann strahlend an. Oh oh, das konnte nichts Gutes heißen.

»Hast du schon Pläne, wann du das alles machen willst?«, fragte er aufgeregt und erinnerte mich beinahe an die Kinder auf meiner Arbeit. Ich schüttelte langsam und mit Bedacht den Kopf, wohl wissend, dass er vermutlich schon Pläne gemacht hatte, wann er das alles mit mir machen würde.

»Hervorragend, wir werden eine Menge Spaß haben«, ergänzte er und kraulte nun zufrieden Bo weiter. Erst wollte ich widersprechen, aber mein Gähnen unterbrach meine Einwende und wenn ich genauer darüber nachdachte, was sprach dagegen wenn Jill und ich die Jungs mitnahmen bei diesen Aktivitäten? Natürlich musste ich Jill zunächst einweihen, denn sie wusste noch nichts von dieser Liste.

Ich musste Jill noch so vieles erzählen, denn bei all dem Stress hatte ich sie noch gar nicht auf den neusten Stand bringen können. Sie wusste weder von der Liste, noch von meinen Treffen, noch darüber Bescheid, dass ich die

Nachfolgerin des Seelenfängers werden sollte. Ob ich ihr Letzteres erzählen wollte, wusste ich noch nicht, denn ich würde nicht seine Nachfolgerin werden. Ich konnte Jill nicht alleine lassen, sie brauchte mich.

»Es ist schon spät, ich sollte nun gehen«, sagte Taric, erhob sich und erntete dafür wieder ein Miauen von Bo, das nicht unbedingt nach einer Liebesbekundung klang. Ich begleitete ihn noch zur Tür und verabschiedete mich, indem ich mich nochmal für den wundervollen Abend bedankte. Als ich die Tür schloss und mich mit dem Rücken gegen sie lehnte, saß Bo im Flur und starrte mich einen kurzen Moment an. Dann fauchte er und rannte wie von der Biene gestochen ins Wohnzimmer.

»Vielleicht verkaufe ich dich an den nächsten Bauern«, rief ich ihm beleidigt nach und schlurfte dann in mein Schlafzimmer. Dort schälte ich mich aus den engen Klamotten, bevor ich mich unter die kühle Bettdecke kuschelte.

Es dauerte eine Weile, bis mein Körper das Bett aufgeheizt hatte und ich keine Gänsehaut mehr hatte. Durch das Fenster schien der Vollmond, die Gewitterwolken hatten sich verzogen und gaben nun den Anblick auf den Sternenhimmel frei. Während mein Blick am Mond festzukleben schien, schweiften meine Gedanken ab. Was war nur in meinem Leben los? Ich hatte keine Eltern, der Tod höchstpersönlich wollte, dass ich seinen Job machte und ein Typ, den ich kaum kannte, benahm sich wie mein jahrelanger Partner. Sowas war doch nicht normal und ich wollte definitiv nichts Besonderes sein. Ich war zufrieden mit meinem strukturierten Leben und in dem keine seltsamen oder besonderen Dinge passierten. Das Schlimmste war die Tatsache, dass ich nichts, rein Garnichts an diesem Leben ändern konnte. Vor lauter Gedanken wälzte ich mich von einer Seite zur anderen, bevor ich schließlich erschöpft einschlief.

Kapitel 16

„Und da war etwas in meinem Innen, das mir Angst machte."

Am nächsten Morgen erreichte ich meinen Arbeitsplatz ausnahmsweise mal pünktlich und das lag daran, dass ich die wenige Zeit genießen wollte, die ich arbeiten durfte. Melanie saß bereits mit den ersten jungen Kindern auf dem Teppich, als ich den großen Gruppenraum betrat.

»Guten Morgen«, begrüßte ich meine Kollegin und die Kinder freundlich, doch während Mel fröhlich grinste, sahen die Kinder mich nur seltsam an. Dabei entfuhr mir ein trauriger Seufzer, der jedoch leise genug war, um keine Aufmerksamkeit zu erregen.

Kurze Zeit später waren zu meiner Freude auch die anderen Kinder unserer Gruppe im Kindergarten angekommen. Während die meisten älteren Kinder mich sehr gerne als Ansprechpartner wahrnahmen und den Kontakt zu mir suchten, vermieden es, die jüngeren auch nur in meine Nähe zu kommen. Stattdessen verbrachten sie ihren Vormittag damit, mich immer wieder zu beobachten und auch wenn man die Kinder nicht kannte, konnte man ihre Angst erkennen. Sie war ihnen wie ein ganzes Buch in die großen, sonst so neugierigen Augen geschrieben. Je mehr Zeit verging und je mehr die Kinder mir aus dem Weg gingen, desto unwohler fühlte ich mich. Jedes der Kleinen hier im Raum lag mir am Herzen, denn ich begleitete sie seit ihrem ersten Tag bei uns. Nun musste ich mitansehen, wie sie zunehmend Angst vor mir bekamen, während ich nichts dagegen tun konnte. Eines der älteren Mädchen am Tisch schien ebenfalls noch empfindlich für das Übernatürliche zu sein, denn alle Bilder, die sie von mir malte, waren getränkt in Schwarz.

Hatte der Seelenfänger womöglich Recht? Vielleicht würde ich meine Arbeit hier wirklich nicht mehr machen können und vielleicht ... aber nur vielleicht konnte ich mich doch nicht gegen mein Schicksal wehren. Die Kinder in diesem jungen Alter würden diese Aura, die mich umgab, immer sehen können. Wie sollte ich mit ihnen arbeiten, wenn sie mich fürchteten? Ich tat weder mir noch den Kindern einen Gefallen damit und das wollte ich keinem zumuten.

»Willst du drüber reden?«, fragte Mel zaghaft und ich sah sie leicht überrascht an, denn mir war nicht aufgefallen, dass mich neben den Kindern offensichtlich auch meine Kollegin beobachtet hatte. Wenn man eine lange Zeit miteinander jeden Tag verbrachte, dann kannte man sich irgendwann ebenso gut, dass Worte nicht immer nötig waren. Und obwohl ich bisher immer mit ihr über Probleme geredet hatte, schüttelte ich nun mit einem aufgesetzten Lächeln den Kopf. Sie drückte mir verständnisvoll die Schulter und wandte sich dann wieder den spielenden Kindern zu.

Als der Vormittag, das Mittagessen und der Mittagsschlaf der Kinder schließlich vorbei waren und ich Feierabend machen sollte, war ich erleichtert und spürte, wie das tonnenschwere Gewicht von meinen Schultern fiel. Ich war bisher immer glücklich mit meiner Jobwahl gewesen und machte die Arbeit mit den Kindern gern... bis jetzt jedenfalls. Nun widerstrebte es mir, überhaupt noch einmal dorthin zu gehen. Aber irgendwie musste ich schließlich Geld verdienen.

»*Wenn du tot bist, nicht mehr*«, meldete sich meine innere Stimme und erinnerte mich daran, dass mein Tod nicht mehr lange auf sich warten lassen würde. Vielleicht konnte ich den Seelenfänger fragen, wie viel Zeit ich noch hatte. Zeit ... wir hatten so wenig davon, wenn wir mal einen Moment darüber nachdachten. Ich verspürte plötzlich das große Bedürfnis, jedem einzuprügeln, er solle seine Zeit sinnvoll nutzen. Ich stöhnte laut auf, weil ich eigentlich nur wütend war, dass ihnen allen so viel mehr Zeit blieb als mir. Dieser verdammte Seelenfänger nahm mir mein Leben, damit ich seine dämlichen Aufgaben übernahm. Was glaubte er denn? Dass ich umherzog und Menschen tötete?

Das würde ich niemals tun!

Als ich meine Wohnung betrat, führte ich immer noch wütende Selbstgespräche und fragte Bo, was er von allem hielt. Wenigstens konnte ich ihm diese Frage stellen, bevor er in die Küche rannte. Er interessierte sich nur für das, was ich ihm in seinen Futternapf tat und ich wünschte mir wirklich, welches Futter und wie viel Schlaf ich bekam, wären meine einzigen Sorgen.

Während Bo schmatzend sein Nassfutter fraß, wollte ich schon automatisch die Kaffeemaschine einschalten, hielt aber kurz inne und entschied mich dann dazu, lieber eine Runde Joggen zu gehen. Das würde mir helfen, meine Gedanken wieder zu ordnen und zur Ruhe zu kommen.
Wie immer lief ich meine übliche Runde um den See und dieses Mal war das Wetter annähernd perfekt. Die Sonne war für den Frühling schon sehr stark und der angenehme

Wind kühlte meine erhitzte Haut beim Laufen ein wenig ab. Irgendwann joggte ich auch nicht mehr entspannt, sondern rannte, so schnell ich konnte, bis der brennende Schmerz in meinen Muskeln alles war, worauf ich mich konzentrieren konnte. Es wirkte ein wenig, als würde ich versuchen, vor meinem Schicksal wegzulaufen, obwohl es ein viel besserer Läufer war. Statt mich auf die Bank zu setzen, an der ich immer Pause machte, ließ ich mich stöhnend auf die Wiese fallen.

Obwohl mir mein Sportlehrer damals immer davon abgeraten hatte, legte ich mich flach auf den Rücken und sah in den Himmel. In meinem Kopf drehte sich alles und meine Muskeln zuckten leicht, als sie sich wieder beruhigten. Über mir zogen Wolken vorbei und für einen Moment genoss ich die innere Ruhe, die der Anblick in mir auslöste. Doch wie so oft raubte er mir nach kurzer Zeit auch den Atem, weil er mich daran erinnerte, dass wir nur winzige Wesen in dieser Unendlichkeit waren.

Als ich mich aufrichtete und meinen Blick wandern ließ, entdeckte ich den Seelenfänger und fragte mich, wie lange er schon in meiner Nähe stand. Allerdings überraschte es mich auch nicht sonderlich und ich stellte mich bereits auf eine erneute Unterhaltung über meine Aufgaben ein. Und irgendwie hatte ich das Gefühl, diese Unterhaltung würde länger dauern als sonst, daher setzte ich mich schon einmal bequem im Schneidersitz und zupfte unbewusst die Grashalme aus.

Als der Seelenfänger sich neben mir niederließ und sich mit seinem langen Umhang ebenfalls im Schneidersitz hinsetzte, sah ich ihn mit erhobenen Augenbrauen an. Diese "Lässigkeit" passte nicht zu ihm, sie wirkte unecht und ich bekam das Gefühl, dass hier etwas nicht stimmte. Ich kaute auf meiner Unterlippe, während ich nach Hinweisen suchte, die mir erklären würden, was hier los war. Normalerweise begann der Seelenfänger auch unsere Gespräche, doch dieses Mal schwieg er.

Nachdem er auch nach einer Weile nichts sagen wollte, fasste ich meinen Mut zusammen und fragte: »Was machst du hier?«

Ich hatte Angst davor, dass er mich heute vielleicht zum Seelenfänger machen würde. Andererseits wollte ich es unbedingt wissen, denn die Neugier trieb mich an. Mein Herz pochte wild gegen meine Rippen und ich hoffte, es würde sich beruhigen, wenn ich die Hand darüber legte. Ich hatte doch noch gar nicht mit Jill gesprochen, mich noch nicht verabschiedet. Intuitiv wollte ich schon drauf losplappern und ihm sagen, dass ich noch nicht gehen konnte, doch mein Mund blieb geschlossen, als wäre ich verhext worden.

»Ich möchte mit dir reden«, gab der Seelenfänger zurück und ich hielt diese Aussage zunächst für einen Witz. Doch in seinem Gesicht fand ich nichts, was diesen Gedanken bestätigte. Seine grau leuchtenden Augen waren auf den See gerichtet, doch jetzt sah er mich an. Wie immer fesselte mich dieses Silbergrau und sorgte dafür, dass ich alles andere fast nicht mehr wahrnahm.

»Und worüber?«, hörte ich mich automatisch sagen. Es war eindeutig meine Stimme, aber meine Gedanken waren versunken in dem Tiefen seiner Iris.

»Worüber du möchtest«, antwortete er und obwohl diese Aussage sicherlich positiv war, machte sein emotionsloser Ausdruck sie irgendwie beängstigend.

Der Seelenfänger drehte den Kopf wieder zum See, sodass ich nun endlich wieder klar denken konnte. Hatte er mit gerade angeboten, über alles zu reden, was ich mir aussuchte? Verwirrung breitete sich in mir aus und ich dachte misstrauisch über den möglichen Haken nach.

Ich betrachtete sein Profil aufmerksam, vielleicht würde ihn eine Regung in seinem Gesicht verraten, dass er doch auf etwas anderes abzielte. Bisher war sie mir nicht aufgefallen, aber ich hatte ihn auch noch nie so intensiv angesehen. Doch jetzt konnte ich die blasse Narbe sehen, die sich von seiner Stirn über sein Auge bis hin zur oberen Lippe zog. Mein Blick wanderte weiter über seinen Hals hin zu seinen Schlüsselbeinen. Durch den tiefen Kragen seines Pullovers war ein Teil seiner Brust zu sehen und bei genauerem Hinsehen, entdeckte ich auch hier mehrere verblasste Narben. Die meisten waren klein und verliefen linienförmig, doch eine stach besonders heraus. Sie war eher rund und verlief nach außen hin in Zacken, aber das machte sie nicht so auffällig. Die Tatsache, dass sie nicht verblasst war, sondern noch sehr frisch aussah, kaum verheilt, hob sie so sehr hervor.

Instinktiv hob ich die Hand und strich mit dem Finger sachte darüber, als könnte ich dadurch erfahren, was passiert war oder wie sich der Schmerz angefühlt hatte. Normalerweise fasste ich Fremde nicht einfach an, aber ich hatte keine Kontrolle über meine Hände. Es dauerte einen Moment, bis ich bemerkte, dass seine silbergrauen Augen auf meinen Fingern ruhten. Bei unseren letzten Treffen war es mir nie so vorgekommen, doch nun hatte der Seelenfänger etwas Magisches, als würde die Zeit stillstehen. Ich war nicht mal in der Lage, mich beschämt zu fühlen oder schockiert meine Hand wegzureißen, denn ich wollte sie nicht wegnehmen.

Ich spürte die Verbindung zwischen uns, spürte das drängende Ziehen der dunklen Essenz im Seelenfänger, wie sie ihn antrieb und wie er versuchte, sie zu unterdrücken. Ich fühlte seine Sorge darüber, dass jemand der nächste Seelenfänger werden musste und auch, dass es nichts Wichtigeres für ihn gab. Und während ich ihm in die Augen sah, wusste ich, dass er ein Teil von mir war und ich spürte...ich spürte, dass dies meine Bestimmung sein würde. Ich ließ meine Hand langsam fallen und fühlte mich, als würde ich gerade nach einer wilden Partynacht wieder nüchtern werden. Die berauschende dunkle Energie, die den Seelenfänger erfüllte, verebbte in mir und war schon bald nur noch eine blasse Erinnerung. Ich schluckte schwer, weil mein Mund völlig ausgetrocknet war und rieb mir über die Arme, wegen der Kälte, die der Seelenfänger ausströmte.

»Woher sind diese...Narben?«, fragte ich nur sehr zaghaft, weil es in meiner menschlichen Natur lag, niemandem zu nahe zu treten, doch dann fiel mir wieder ein, dass der Seelenfänger ja nichts empfand. Er konnte seine Narben nicht sehen, doch er senkte trotzdem kurz den Kopf, um sie vielleicht doch zu sehen. Seine Antwort überraschte mich allerdings.

»Wie ich die Narben bekommen habe, weiß ich nicht mehr. Nur zu dieser kann ich dir etwas sagen«, er hielt inne und berührte sein Schlüsselbein. »Diese hat mich umgebracht, bevor ich zum Seelenfänger geworden bin«, beendete er meinen Satz und rief mir ins Gedächtnis, dass ich eigentlich nichts über den Seelenfänger wusste oder darüber wie man zu ihm wurde.

»Wieso erinnerst du dich nicht mehr an die anderen Narben?«, fragte ich weiter, denn ich war überzeugt, dass man sich an eine Narbe, wie die in seinem Gesicht, erinnern würde.

»Ich kann mich nicht mehr an mein menschliches Leben erinnern. Als ich zum Seelenfänger wurde, verblassten alle Erinnerungen und meine Gedanken drehten sich nur noch um meine Aufgabe«, erklärte er und wandte mir wieder das Gesicht zu.

»Das ist...schrecklich«, hauchte ich aus Angst, die Lautstärke meiner Stimme könnte die Situation noch verschlimmern. Ich versuchte, mir vorzustellen, dass ich mich an nichts erinnern konnte und es war unvorstellbar. Wer wäre ich ohne diese Erinnerungen? Ich wäre niemand, ich wäre ein leeres Gefäß, das sich niemals füllen würde. Eine Gänsehaut überzog meinen Körper und Traurigkeit breitete sich in mir aus.

»Was ist mit deinem Namen?«, fragte ich, denn irgendwie gab ein Name einem zumindest eine Art Charakter, man war nicht mehr nur eine Sache oder ein Ding.

»Seelenfänger«, sagte er ganz selbstverständlich, daher wiederholte ich meine Frage etwas präziser.

»Deinen menschlichen Namen meinte ich?«

Der Seelenfänger runzelte die Stirn, als könnte er meine Frage nicht verstehen oder als hätte ich vielleicht eine andere Sprache gesprochen.

»Ich bin kein Mensch, ich lebe nicht mehr. Mein menschlicher Name ist genauso gestorben wie meine Erinnerungen. Ich bin der Seelenfänger«, sagte er schließlich und verblüffte mich erneut.

Offensichtlich starb auch jegliches Bewusstsein für das Dasein als Individuum und man wurde zum Teil von etwas Größerem, wenn man zum Seelenfänger wurde. Man gab alles, was man war, alles, was einen ausmachte, auf und diese Vorstellung machte mich schier wahnsinnig. Das wollte ich nicht, ich wollte immer noch ich bleiben, auch wenn ich seine Nachfolgerin werden sollte.

»Aber ich will Jill nicht vergessen...«, sagte ich laut und sehr betroffen. Ich wusste, dass meine Augen ihn förmlich anzuflehen schienen, jemand anderen zu seinem Nachfolger zu machen.

»Ich kann das nicht beeinflussen. Das liegt nicht in meiner Macht«, erklärte er und hielt kurz inne, weil er scheinbar überlegte. »Sobald du der Seelenfänger bist, wirst du nur noch von der dunklen Essenz kontrolliert und dein menschliches Leben wird nicht länger von Bedeutung sein.«

Seine Sachlichkeit über dieses Thema war markerschütternd und mir wurde übel. Meine Menschlichkeit und meine Erinnerungen waren mir heiliger als alles andere, sie waren alles, was ich besaß oder zumindest das Kostbarste. Die Erinnerungen an meine Eltern waren nicht besonders klar, eher Empfindungen als wirkliche Bilder, aber wenn ich diese auch noch verlor, war ich nichts mehr. Ich bemerkte die Tränen in meinen Augen, als meine Sicht begann zu verschwimmen. Statt sie schnell wegzuwischen, ließ ich zu, dass sie sich ihren Weg über meine Wangen bahnten.

***

Der Seelenfänger hatte lange über Jills Worte nachgedacht und beschlossen, dass dies wohl die beste Möglichkeit war, Mira von ihrer Bestimmung zu überzeugen. Daher saß er hier neben ihr, hörte sich verwirrende Fragen an und kämpfte schwer gegen das Ziehen der dunklen Essenz.

Er konnte den Blick in ihren Augen nicht deuten, denn da er keine Emotionen empfand, fehlte ihm auch die Eigenschaft, Emotionen bei anderen zu interpretieren. Die glitzernden Tränen, die ihr über die feinporige Haut liefen, konnte er jedoch mit seinem Verstand interpretieren. Und obwohl er nun wusste, dass sie traurig war, so konnte er doch nicht wirklich verstehen, warum. Sie bekam eine so viel größere Aufgabe, eine so viel wichtigere Rolle in diesem Universum, als es die meisten bekamen und doch wollte sie lieber normal sein.

Durch das Band, was ihn mit ihr verband, schwappte ein Abdruck der traurigen und zwiespältigen Gefühle zu ihm rüber. An der Stelle, an der sein Herz einmal geschlagen hatte, kribbelte es und er legte sofort seine große Hand darüber. Es war nicht die dunkle Essenz, diese verströmte Kälte in ihm. Doch dieses Kribbeln war warm und elektrisierend, sodass der Seelenfänger instinktiv seinen Körper begutachtete. Vielleicht sollte ihn das daran erinnern, dass ihm die Zeit davon lief. Vielleicht war es aber auch gar nicht seine eigene Empfindung, sondern die von Mira. Er wusste es nicht, nur dass alles immer merkwürdiger wurde, je länger er sich bei Mira aufhielt. Sein Blick wanderte zu ihr rüber, während sie zu dem See sah und abwesend die Grashalme abriss.

Wieder ohne zu wissen, warum, hob der Seelenfänger die Hand und strich zart die Tränen von ihrer Wange. Sie zuckte überrascht zurück, wandte ihm das Gesicht zu und hielt den Atem an. Erst zögerte er, doch dann strich er alle Tränen weg, bis sie nicht mehr auf ihrer hellen Haut glitzerten.

Irgendwie gefiel es ihm nicht, wenn sie diese Emotionen hatte und Tränen ihr symmetrisches Gesicht bedeckten.

Dann fiel ihm wieder ein, was Jill ihm geraten hatte und fragte schließlich: »Was möchtest du über die Existenz des Seelenfängers wissen?«

In den Jahren als Seelenfänger hatte er die Erfahrung gemacht, dass die meisten Menschen Angst vor Dingen hatte, die sie nicht kannten und über die sie nichts wussten. Daher dachte er nun, wenn er ihr die Möglichkeit gab, ihre Neugier zu stillen und ihre Unwissenheit mit Wissen zu füllen, wäre sie bereit ihre Aufgaben anzunehmen.

Miras Augen weiteten sich, nachdem sie einige Male geblinzelt hatte und sie schnappte nach Luft, um etwas zu sagen, blieb aber doch still. Ihre Stirn legte sich in Falten und sie zog die Augenbrauen zusammen. Konzentriert kaute sie auf ihrer Unterlippe, bevor sie antwortete:»Ich habe so viele Fragen, ich weiß gar nicht, wo ich anfangen soll.«

Nervosität und Anspannung schwangen durch die Verbindung zum Seelenfänger und er spürte das Zittern in den Händen, obwohl er wusste, dass es nicht seine Stimmung war. Aber auch er selber hatte eine solche Situation noch nie erlebt und da war etwas in seinem Inneren, das sich regte.

Etwas, das sich veränderte.

Kapitel 17

„Zweifel ist das Monster,
das das Vertrauen frisst."

»Du hast beim letzten Mal etwas von der dunklen Essenz erzählt und davon, dass sie einen irgendwie...zum Seelenfänger macht. Wie soll ich mir das vorstellen? Ist es wie ein... Organ, das man von einem Körper in den anderen einsetzt?«, fragte Mira skeptisch und machte viele kleine Pausen, um nach den richtigen Worten zu suchen.

Es war neu, die Sicht eines Menschen zu diesem Thema zu hören, wo doch für ihn alles so selbstverständlich war.

»Es ist eher wie eine Energie, die dich durchströmt, so wie du aktuell von der Seelenenergie durchflutet wirst. Wenn du zum nächsten Seelenfänger wirst, löst sich die dunkle Essenz von mir und verbindet sich mit deiner Seelenernergie. Sie ernährt sich davon, schöpft ihre Kraft von ihr«, erklärte er ihr gelassen, schluckte aber schwer, als er ihre Emotionen empfing. Sie war maßlos schockiert über seine Erklärung und Unsicherheit machte sich in ihr breit.

Er machte es falsch, verstand er, denn statt ihr Vertrauen zu gewinnen, machte er ihr Angst.

»Mira, die dunkle Essenz ist eine wichtige Existenz, denn ohne sie könnten wir das Gleichgewicht der Welt nicht aufrechthalten. Aber sie ist kein Mörder, sie sammelt lediglich die Seelen ein, deren Zeit vorüber ist. Bei der Geburt eines Menschen bekommt jeder eine bestimmte Zeit für sein Leben und am Ende verlässt die Energie den menschlichen Körper wieder.« Der Seelenfänger dachte, eine ausführlichere Erklärung würde Mira helfen, alles besser zu verstehen, aber sie schien nur noch mehr Fragen aufzuwerfen.

»Wieso bekommen dann schlechte Menschen so viel Zeit und die guten leben viel zu kurz?«

Trauer, Wut und Unverständnis mischten sich in ihrer emotionalen Welt, während sie mehr Kraft in das Ausreißen der Grashalme investierte. Das war zwar eine berechtigte Frage, aber der Seelenfänger hatte keine Antwort darauf.

»Das weiß ich nicht. Ich entscheide nicht darüber, wer wie viel Zeit bekommt. Ich entscheide auch nicht über Gut und Böse. Meine Aufgabe ist es lediglich, die Seelen einzusammeln, wenn es Zeit wird. Wie die Menschen die ihnen geschenkte Lebenszeit nutzen und zu was für Menschen zu werden, kann ich nicht beeinflussen.«

Er hatte sich selber diese Frage noch nie gestellt, aber jetzt saß er neben Mira und dachte darüber nach.

Oft spürte er die positiven Erlebnisse und Gefühle der Menschen, dessen Seelen er einsammelte und oft waren diese erst wenige Jahre auf der Welt und er hatte sich nie gefragt, warum sie so wenig Zeit bekamen.

»Das ist nicht fair«, flüsterte Mira leise vor sich hin, doch der Seelenfänger hörte es dennoch.

»Wie sammelst du die Seelen ein?«, wollte Mira nach einer Weile wissen und sah den Seelenfänger mit diesen geweiteten Augen an, als würde sie sonst nicht jede Kleinigkeit sehen können.

Das zu erklären war allerdings nicht ganz so einfach, denn es geschah so viel mehr in diesen wenigen Sekunden, als es nach außen den Anschein machte. »Die Seelen verlassen den Körper, wenn ihre Zeit gekommen ist. Dann sammele ich sie ein, die Energie wird von der dunklen Essenz angezogen wie ein Magnet und wird eins mit ihr. Jede Seele ist demnach ein Teil von mir.«

Wieder runzelte Mira die Stirn und kaute auf ihrer Unterlippe, bis sich ein winziger, feiner Blutstropfen darauf bildete. Der Seelenfänger wollte noch mehr sagen, ihr irgendwie begreifbar machen, was er tat, aber er wusste nicht wie. Wie sollte er auch eine Unterhaltung mit jemanden führen, wenn er doch schon eine Ewigkeit kein Wort mehr mit einem Menschen gewechselt hatte.

»Ich verstehe es nicht«, gab Mira zu und der Seelenfänger hatte nicht die geringste Ahnung, was sie nicht verstand, daher schwieg er. »Wieso sehe ich diese Nebelwolken nicht?«, fragte sie direkt weiter und gab ihm keinerlei Möglichkeit, über etwas nachzudenken.

»Das weiß ich nicht. Ich glaube, es liegt daran, dass du deine Bestimmung noch nicht akzeptiert hast«, antwortete er, doch es war sicher nicht gut, wenn keiner vom ihnen beiden eine Lösung kannte.

»Wie soll ich dann deine Nachfolgerin werden? Was passiert, wenn es keinen Seelenfänger mehr gibt?«

Bisher war Mira nie wirklich interessiert gewesen an dem Seelenfänger oder daran, was er tat, aber nun flammte das Interesse in ihr wie ein wildes Feuer.

»Wenn es keinen Seelenfänger gibt, wird niemand mehr sterben«, begann er, wurde aber prompt von Mira unterbrochen.

»Das wäre doch großartig!«

Doch der Seelenfänger schüttelte gefasst den Kopf, bevor er weiter redete. »Für euch Menschen mag das im ersten Moment so wirken. Ihr denkt auch nur an euch, aber nicht an die Erde. Ihr schöpft sie aus, als wäre sie euer Eigentum, als würdet ihr sie besitzen. Aber habt ihr schon mal darüber nachgedacht, was passiert, wenn ihr alle Rohstoffe genommen habt? Wenn ihr nicht genug Nahrungsmittel produzieren könnt, um alle Menschen zu ernähren? Eure Gesellschaft funktioniert jetzt auch nur deswegen, weil es genug Menschen gibt, auf deren Kosten ihr Wohlstand habt. Alles würde zusammenbrechen ohne den Seelenfänger und der Mensch würde sich selber auslöschen.«

***

Seine Worte formten erschreckende Bilder in meinem Kopf, die ich nicht mehr abschütteln konnte. Hungernde Kinder, Menschen, die sich gegenseitig für etwas Essen umbrachten, Bilder davon, wie wir alle zu den Raubtieren wurden, die wir eigentlich waren.

Übelkeit stieg in mir auf und ich sprang gerade noch im letzten Moment auf, rannte zu einem Gebüsch und übergab mich.

Der Seelenfänger hatte Recht: Das Gleichgewicht war sensibel und musste unbedingt gewahrt werden. Wir verdrängten es alle, um uns selber besser zu fühlen, aber insgeheim wussten wir es alle.

Diese extrem wichtige Aufgabe sollte ausgerechnet ich übernehmen, was mich wahnsinnig unter Druck setzte. Was war, wenn ich es falsch machte? Oder es gar nicht schaffte? Selbstzweifel wuchsen in mir heran wie ein verdorbener

Keim, dem ich gerade Dünger gegeben hatte. Ich konnte das nicht.

»Ich schaffe das nicht. Ich kann ja nicht mal diese Nebel sehen. Vielleicht bin ich gar nicht die Richtige«, plapperte ich verzweifelt los, als ich wieder neben dem Seelenfänger saß und hoffte inständig, dass er das auch erkennen würde. Ich hatte wirklich große Angst, und zwar so sehr, dass sich Schweißperlen auf meiner Stirn bildeten und die Hitze mir die Luft abschnürte.

Doch der Seelenfänger betrachtete mich wieder mit diesen silbergrau leuchtenden Augen und schüttelte langsam den Kopf. »Du bist die einzige, die in Frage kommt, da die dunkle Essenz dich bereits auserwählt hat«, versuchte er mich zu beruhigen.

Und ich überraschte mich beinahe selbst, als ich schließlich sagte: »Aber wir haben keine Zeit.«

Einen Moment lang schauten der Seelenfänger und ich uns an, denn dieser Tatsache waren wir uns beide sehr bewusst.

Ich wusste nicht, woher dieser Sinneswandel, dieses plötzliche Interesse an allem kam, aber vermutlich war es mein Ehrgeiz und mein Beschützerinstinkt, um die, die ich liebte, bestmöglich zu beschützen.

»Kannst du mir diese Fähigkeit nicht übertragen oder beibringen?«

Ich gebe zu, dass dies sicher nicht meine beste Idee war, aber es war die Einzige, die ich hatte. Und wie so oft, wenn einem die Zeit davon lief, griff man nach jedem Strohhalm.

Der Seelenfänger schüttelte den Kopf. »Diese Fähigkeit kommt von der dunklen Essenz. Durch die Verbindung zu mir, solltest du eigentlich dazu in der Lage sein, diese

Fähigkeiten zu nutzen. Vielleicht blockst du sie ab, weil du nicht bereit dazu bist, deine Bestimmung anzunehmen.«

Ich senkte den Blick und betrachtete meine Hände, meine menschlichen Hände beinahe beschämt und erkannte die Wahrheit seiner letzten Aussage. Tatsächlich wollte ich nicht seine Nachfolgerin werden, auch wenn ich die Wichtigkeit mittlerweile verstand. Aber ich wollte die Welt und all die Menschen, die mich liebten nicht verlassen. Innerlich war ich nicht bereit, das alles aufzugeben, um etwas Größerem zu dienen, ich war dafür einfach zu egoistisch.

Wieder schwiegen wir, weil anscheinend keiner wusste, was er sagen sollte.

»Die dunkle Essenz verlangt nach Energie«, meldete sich der Seelenfänger nach einigen Minuten wieder zu Wort und erhob sich von der Wiese, die mittlerweile von der Sonne erwärmt wurde.

Ich sah ihm nach, wie er davon lief oder schwebte oder was auch immer, bis er sich im Nichts auflöste. Einen tiefen Atemzug später stand ich ebenfalls auf und machte mich auf den Weg zurück zu meiner Wohnung.

Zu Hause angekommen, sprang ich nicht gleich dankbar unter die Dusche, sondern schnappte mir mein Handy vom Holztisch im Wohnzimmer und schrieb Jill eine Nachricht. Ich brauchte unbedingt eine Freundin, mit der ich über alles reden konnte, um meine emotionale und gedankliche Ordnung wieder herzustellen. Statt wie sonst, das Handy wieder wegzulegen und die Antwort erst Stunden später zu lesen, saß ich nun gebannt vor dem Bildschirm mit dem geöffneten Schreibverlauf und wartete darauf, dass mein Handy vibrierte. Erleichtert darüber, dass Jill nicht wie ich war, erhielt ich kurze Zeit später eine Antwort, dass sie sich sofort auf den Weg machte.

Ich bevorzugte es, lange zu duschen und die wohltuende Wärme zu genießen, doch dieses Mal war es mir egal, dass mir gerade einmal hochgerechnet sieben Minuten blieben, mich um meine Hygiene zu kümmern. Sorglos warf ich meine Joggingkleidung in den Wäschekorb, wobei das Shirt sich am Rand verfing und dort hängen blieb. Diese Tatsache ignorierend stieg ich unter das warme Wasser und stöhnte zufrieden, als die Anspannung aus meinen Muskeln wich. Obwohl ich nur wenig Zeit hatte, erlaubte ich mir, mich einen Moment an die Wand anzulehnen, die Augen zu schließen und mich auf den Wasserstrahl zu konzentrieren.

Als ich mir ziemlich sicher war, dass ich nur noch geschätzte zwei Minuten hatte, bis Jill bei mir klingeln würde, drehte ich das Wasser ab und stand nun, wie so oft in letzter Zeit, vor dem Spiegel. Dort sah ich mein Spiegelbild und doch wieder nicht, denn die Person war gleichzeitig ich und wiederum jemand anderes. Nach wie vor hatte sich an meinem äußeren Erscheinungsbild nichts geändert und doch war da eine Veränderung. Ich wusste nicht genau, woran ich es festmachen sollte, vielleicht war es eine innere Veränderung, die mich die Dinge und vor allem mich selbst anders wahrnehmen ließ.

Es klingelte an der Tür und ich stolperte in mein Schlafzimmer, um mir wenigstens Unterwäsche und ein T-Shirt anzuziehen, bevor ich Jill die Tür öffnete. Diese stand grinsend mit einer Tüte Nachos und Käsesoße in den Händen dort und marschierte geradewegs an mir vorbei in die Küche. Sie verabscheute den fettigen Käse, aber sie wusste, was ich brauchte.

»Hereinspaziert«, witzelte ich, schloss die Tür und folgte ihr. Sie war hingegen schon schwer damit beschäftigt, die Nachos in eine Schüssel zu füllen und die Käsesoße in die Mikrowelle zu stellen.

»Deine Nachricht klang ernst«, kommentierte sie meinen fragenden Ausdruck im Gesicht, darüber, dass sie nichts sagte und nicht voller fröhlicher Anspannung war.

Bei dieser Aussage musste ich mich wirklich bemühen, die Tränen schnell wegzublinzeln, bevor sie sie bemerkte. Sie kannte mich eben und wusste, wie sie mich aufheitern konnte. Mein aufgesetztes Lächeln reichte ihr als Antwort, sodass sie sofort auf mich zukam, mich in eine Umarmung zog und bedrückt fragte: »Ach Mira, was ist denn los?«

Nun reichte mein Blinzeln nicht mehr aus und die Tränen liefen mir über die Wangen, während ich Jill zurückumarmte.

»Mein Leben ist eine Katastrophe!«, schluchzte ich und überlegte innerlich schon, wo ich anfangen sollte.

Wir machten es uns auf dem Sofa gemütlich, nachdem die Soße warm genug war und ich schnappte mir zunächst meine Kuscheldecke, als könnte sie mich vor all dem Chaos schützen, das gerade über mein Leben hereinbrach. Jill beobachtete mich aufmerksam und mit angespannter Körperhaltung, während sie sich die Nachos in den Mund steckte.

»Ich weiß nicht,... wo ich anfangen soll. Ich...ich hab...ich hab dir nicht alles über den Seelenfänger erzählt«, stotterte ich vor mir her, weil ich ein schlechtes Gewissen hatte, dass ich sie so lange hatte außen vor gelassen. Sie war meine beste Freundin und ich hatte einfach ... vergessen, sie über alles aufzuklären. Ich hatte sie nicht ansehen können, während ich ihr diesen Satz gesagt hatte, doch als sie schwieg, schaute ich ihr doch in die Augen. Ich erkannte die Enttäuschung, aber sie war nicht groß genug, um sie vom Lächeln abzuhalten.

»Ich weiß. Der Seelenfänger war bei mir und hat mir gesagt, dass du seine Nachfolgerin werden sollst. Das ist ja voll irre! Ich bin dann mit dem Tod befreundet«, platzte sie heraus und war wie immer ganz aufgeregt, an etwas Übernatürlichem teilhaben zu können.

Anscheinend war ihr nicht bewusst, dass ich nicht mehr unter den Lebenden weilen würde.

Wenigstens gingen ihre Wünsche offensichtlich in Erfüllung und das freute mich für sie. Dennoch war ich sehr überrascht, dass der Seelenfänger sie aufgesucht hatte, um ... ja, um was zu tun?

»Was wollte der Seelenfänger von dir?«, stutzte ich und tunkte nun auch Nachos in die warme Käsesoße.

»Er hat mich um Rat gefragt«, antwortete sie lässig und knabberte weiter die Nachos, die sie mir mitgebracht hatte, als wäre das alles so offensichtlich. Ich sah sie fragend an, weil diese Aussage jetzt nicht wirklich viele Informationen darüber preis-gab, welchen Rat genau er denn brauchte.

»Jill!«, drängte ich, da sie offensichtlich gedanklich schon wieder mit etwas anderem beschäftigt war.

»Na er hat gefragt, wie er dich dazu bringen kann, deine Bestimmung zu akzeptieren und ich hab ihm gesagt, dass er erst dein Vertrauen gewinnen muss«, plauderte sie, als würden wir gerade darüber reden, welches Getränk uns besser schmeckte. Mir fiel die Kinnlade runter, weil ich nicht glauben konnte, dass sie so locker mit diesem Thema umging, während ich total überfordert war. Sie wäre so viel geeigneter, diese Aufgaben des Seelenfängers zu übernehmen, und ich spielte mit dem Gedanken, sie dem Seelenfänger vorzuschlagen.

Obwohl sie eigentlich nicht viel gesagt oder getan hatte, spürte ich, wie die Last auf meinen Schultern etwas weniger wurde. Allein ihre lockere, offene Haltung gegenüber allem, sorgte dafür, dass mir die Situation mit dem Seelenfänger gar nicht mehr so schlimm erschien und ich begann allmählich mit positiven Gedanken an die Sache ranzugehen.

Doch dann fiel mir wieder ein, dass es da ja ein Problem gab: Ich sah die Nebelwolken nicht einmal. »Ich kann nicht der nächste Seelenfänger werden. Ich sehe die Nebelwolken nicht«, sagte ich und verzog dabei das Gesicht entschuldigend, weil ich irgendwie befürchtete, Jills Laune zu verschlechtern.

»Was für Nebelwolken? Sag mal, wie läuft das jetzt eigentlich ab als Seelenfänger?«, fragte sie aufgeregt und mir fiel ein, dass sie nichts von alle dem wusste. Ich erklärte ihr, was der Seelenfänger mir bisher erzählt hatte und was ich über meine möglichen Aufgaben wusste. Dass ich mich dann nicht mehr an sie erinnern würde, verschwieg ich ihr allerdings bewusst, da ich es nicht ertragen konnte, wenn sie traurig war.

»Das Gleichgewicht muss gewahrt werden, sagt er immer, wenn wir uns treffen und ich würde es ja zumindest versuchen, aber ich sehe die Nebelwolken nicht«, schloss ich meine Erklärung, rutschte von dem Sofa und verschwand in der Küche, um mir einen Kaffee zu machen. Ich hatte heute noch keinen getrunken und spürte, dass ich irgendwie in den Seilen hing.

»Vielleicht hat der Seelenfänger Recht und du musst deine Bestimmung annehmen. Mira, ich weiß ja, dass du das nicht möchtest, aber ich könnte mir niemanden vorstellen, der diese Aufgabe besser machen könnte als du. Du bist so stark«, erklang Jills Stimme zwischen den gluckenden Geräuschen der Kaffeemaschine.

Während ich auf meiner Lippe kaute und den Tropfen in der Kaffeekanne dabei zusah, wie sie in die schwarze Flüssigkeit fielen, wiederholte sich ihr letzter Satz in meinem Kopf immer wieder.

Wie stark war ich denn?

Jill nahm das Ganze völlig entspannt auf und hatte keinerlei Probleme damit. Ich hingegen schlief immer schlechter und wurde emotional instabil. Bisher war ich immer als emotional sehr stabil wahrgenommen worden und man hatte mich dafür bewundert, dass ich den Tod meiner Eltern so gut verkraftet hatte. Natürlich hatte ich hin und wieder schwache Momente, in denen es mir wirklich schlecht ging, aber das war doch menschlich. Und man wurde ja auch nicht jeden Tag vom Tod höchst-persönlich besucht und zu seiner Nachfolgerin erklärt.

Mit einer großen Tasse Kaffee, die mich hoffentlich wieder ins Gleichgewicht brachte, schlenderte ich zurück zu Jill. Während ich auf dem Sofa neben ihr saß, sah ich sie für einen Moment an.

In ihren Augen waren keinerlei Zweifel zu finden, sie glaubte felsenfest an die Worte, die sie erst vor weniger Minuten gesagt hatte. Meine Schultern sackten in sich zusammen und ich seufzte schwer.

»Manchmal glaube ich, ich kann gar nichts ohne dich. Aber...ich glaube, das hier schaffe ich einfach nicht«, gab ich kleinlaut zu. Jill verzog stirnrunzelnd den Mund mit den schmalen Lippen und ich bemerkte das Glitzern in ihren Augen nur Sekunden, bevor sie breit grinste, und sagte: »Ich habe eine Idee, wie wir das Problem lösen.«

Kapitel 18

„Es braucht eine Ewigkeit,
seine Bestimmung zu finden,
aber nur einen Moment sie zu akzeptieren."

»Ich werde dich einfach begleiten und dann schaffen wir das«, schlug Jill hoch-motiviert vor und knabberte weiter die Nachos, die sie eigentlich für mich mitgebracht hatte. Die Schüssel war allerdings fast leer, wobei ich im Grunde kaum Nachos gegessen hatte.

Erst wollte ich ihren verrückten Vorschlag ablehnen und hatte schon einen guten Spruch auf der Zunge, doch dann kam mir ihre Idee gar nicht mehr so abwegig vor.

In der Vergangenheit waren wir immer ein gutes Team gewesen und ihr Glaube an alles und vor allem an mich und sich selbst war so groß, dass er ansteckend war. Möglicherweise würde dies tatsächlich das Problem lösen und ich würde wohl meinen Platz in der Welt einnehmen.

»Ich muss den Seelenfänger erst einmal fragen«, warnte ich sie, denn sie schien vor Aufregung beinahe zu platzen.

»Ach bitte Mira, du kannst dieses ganze Übernatürliche nicht nur für dich haben!«, beschwerte sie sich und zog eine gespielt beleidigte Schnute.

»Ich werde es versuchen«, versprach ich ihr und lächelte ihr aufmunternd zu. Dankbar, dass ich jemanden wie sie kannte und dass mich ironischerweise ihre quirlige Art zur Ruhe brachte, lehnte ich mich entspannt zurück.

Nach kurzem Überlegen, wie wir den restlichen Abend verbringen wollten, schalteten wir den Fernseher ein und schauten uns eine Dokumentation über Tiere in Afrika an.

Irgendwann räusperte sich Jill und ich fragte mich bereits, was sie jetzt für ein Thema für mich bereithielt.

»Was läuft da zwischen dir und Taric?«, fragte sie mit einem so breiten Grinsen, dass es schon fast verkrampft aussah. Ihre roten Haare waren ganz zerzaust vom bequem Sitzen und Anlehnen. Wenn man Jill nicht kannte und sie so zum ersten Mal sehen würde, würde man sie glatt für eine Durchgeknallte aus der Irrenanstalt halten. Ich hatte versucht, mich zu beherrschen, jedenfalls kurz, aber ich konnte mir das Lachen über diese Vorstellung doch nicht verkneifen.

»Seid ihr zusammen? Habt ihr euch geküsst?« Jill bombardierte mich mit Fragen und ließ mich gar nicht zu Wort kommen. Jedes Mal, wenn ich versuchte, ihr eine Antwort auf ihre Frage zu geben, unterbrach sie mich mit einer Neuen.

»Jill! Hol mal Luft, wir sind nicht zusammen. An diesem Abend hat er mich nach Hause gebracht. In den folgenden Tagen stand er immer wieder unangemeldet vor meiner Tür und wir waren einmal in seinem Restaurant essen«, stoppte ich ihre will-den Spekulationen und sah sie mit einem Augenrollen an, als sie mich provozierend ansah.

»Wirklich. Er ist auch gar nicht mein Typ, er ist eingebildet und aufdringlich«, ergänzte ich schnell, bevor sie noch dachte, ich würde ihr etwas vormachen.

»Warte, in *seinem* Restaurant?«, fragte Jill quietschend und hatte nun bereits ein neues Thema, auf das sie sich voll und ganz konzentrieren konnte.

Ich stöhnte gespielt genervt und sah sie von der Seite an, während ich den Kopf schüttelte. Gott, wie sehr liebte ich Jill für die Art und Weise wie sie war. Sie war nicht nur eine hübsche Frau, mit wunderschönen grünbräunlichen Augen und langen Wimpern, sie hatte auch noch einen einzigartigen, liebenswerten und lebensfrohen Charakter.

Ich konnte sehr gut verstehen, warum Christian sie so sehr anhimmelte, und ich hoffte inständig, dass er es mit ihr meinte ernst.

»Ja, Taric ist Koch und leitet das Lebensglück, so ein Restaurant ungefähr eine Stunde von hier. Es ist wirklich ein unglaubliches Gebäude«, sagte ich begeistert, als mir die Erinnerung an die Glaskuppel ins Gedächtnis kam.

»Du machst Witze!«, schrie Jill beinahe und wandte sich nun vollständig mir zu. Die Dokumentation, die eben noch so spannend für uns beide gewesen war, war plötzlich uninteressant geworden.

Ich zog irritiert die Augenbrauen hoch und fragte mich, was ich nun schon wieder gesagt hatte, dass Jills rote Haare hin und her schwangen, während sie auf und ab wippte, um die Energie der Freude abzubauen.

»Das Lebensglück ist eins der begehrtesten Restaurants hier im Umkreis. Wenn man da essen will, muss man mindestens ein halbes Jahr vorher reservieren. Ich hab gehört, dass auch Promis dahin gehen«, sie redete ohne Punkt und Komma und ich hatte kurzzeitig Angst, sie würde keine Luft mehr bekommen.

Mich überraschte nicht, dass ich in einem Restaurant gegessen hatte, das die Promis liebten oder das ewig lange Wartelisten hatte, da Taric mich darüber bereits informiert hatte. Was mich allerdings überraschte, war die Tatsache, dass dieses Restaurant offensichtlich auch unter den Durchschnittsbürgern sehr beliebt war, während ich es nicht mal kannte. Aber auch das war mir im Grunde egal, denn ich mochte die meisten Promis nicht und ich fand das Restaurant auch nicht wegen dessen Besucher gut, sondern wegen seinem atemberaubenden Design und der großartigen Gerichte dort. Promis waren doch auch nur Menschen. Selbst wenn sie viel in ihrem Leben erreicht hatten, machte sie das ja nicht mehr wert als Jill oder ich es waren.

Ich zuckte gelassen die Schultern und bot Jill an, bei Taric ein gutes Wort für sie und Christian einzulegen. Bei meinen Worten leuchteten Jills Augen beinahe so kräftig wie die vom Seelenfänger und ich freute mich mit ihr. Wie konnte man sich denn für alles so sehr begeistern und über alles so sehr freuen?

Mein Blick fiel auf meinen Zeichenblock, wo eine Ecke meiner Wunschliste herauslugte, die Taric beim letzten Besuch zufällig gesehen hatte. Sofort baute sich Nervosität in mir auf, weil ich Jill ja noch irgendwie beibringen musste, dass ich nicht wusste, wie lange ich als Mensch noch an ihrer Seite sein würde.

Vielleich wollte ich nicht seine Nachfolgerin werden, aber vielleicht hatte ich auch keine Wahl.

Und ich wollte unbedingt diese Dinge auch mit ihr erleben. Innerlich diskutierte ich mit mir darüber, was mir wichtiger war: Diese Dinge mit Jill zu erleben und ihr erzählen zu müssen, dass mir wahrscheinlich kaum noch Zeit blieb und sie somit traurig machte oder die Dinge, ihres Glückes wegen, ohne sie zu machen.

War ich egoistisch oder wünschte ihr Wohlbefinden?

Nach kurzem Hin und Her beschloss ich, dass ich Jill ohnehin irgendwann darüber aufklären musste.

»Jill, ich weiß nicht, wie viel Zeit mir bleibt bis ich der Seelenfänger werde. Und ich...ich habe eine Liste gemacht, mit Dingen, die ich vorher noch erleben möchte. Ich würde mich darüber freuen, sie mit dir zu erleben«, sagte ich unbeholfen und wenig sensibel und obwohl ich mir eigentlich sicher war, dass sie mit mir bis ans Ende der Welt reisen würde, hatte ich doch ein grummelndes Gefühl in der Magengegend.

Jills Gesichtszüge veränderten sich, ihr zuvor breites, fröhliches Grinsen verschwand und das Glitzern in ihren Augen verblasste. Stattdessen formten sich kleine Tränen, die sich ihren Weg über ihre blasse Haut bahnten.

»Du wirst sterben?«, fragte sie wie ein kleines Kind. Ihre Tränen rannen über ihre geröteten Wangen und ich ertrug kaum den Anblick.

Dann hatte ich mich wohl falsch entschieden, ihr von meinen Wünschen für meine verbliebene Zeit zu erzählen. Betroffen sah ich auf meine Hände, die die Kaffeetasse mittlerweile verkrampft festhielten.

Doch Sekunden wischte sie die Tränen von ihren Wangen. »Natürlich. Mira, ich würde alles mit dir machen. Du bist doch meine Schwester!«, äußerte sie sich, legte ihre warmen Hände auf meine kalten Arme und drückte sanft. »Ich freue mich sehr darüber, dass du mich gefragt hast«, ergänzte sie, sodass auch meine Sicht wegen der Tränen in meinen Augen verschwamm.

Jill war mit Abstand das größte Geschenk, das mir das Schicksal geschenkt hatte, und ich war unendlich dankbar. So dankbar, dass ich alles tun würde, damit es ihr gut ging und sie glücklich war.

In meinem Leben geschahen so viele negative Dinge, dass ich glaubte, ich würde sie verdienen. Jill war daher für mich wie ein Wunder, das ich eigentlich nicht verdient hatte. Selbst in dieser Situation stellte sie meine Probleme, meine Gefühle über ihre eigenen.

Eilig und fast schon überstürzt stellte ich die Tasse auf den kleinen Holztisch und zog Jill in eine feste Umarmung. »Danke«, flüsterte ich und vergrub das Gesicht in ihren kurzen, roten Haaren, die erstaunlich weich waren.

Jill hatte sich mittlerweile auf den Heimweg gemacht und ich saß alleine auf meinem Sofa und klammerte mich an meine dritte Tasse Kaffee. Bo lugte am Türrahmen ins Wohnzimmer, entdecke mich und begann zu fauchen, als wollte er mir nur kurz mitteilen, wie sehr er mich hasste. Dann tippelte er in die Küche und begann zu miauen, um mich darauf aufmerksam zu machen, dass König Bo gern seine Mahlzeit hätte. War mein fetter Hausgenosse eigentlich schon immer so eingebildet gewesen und es war mir früher nie aufgefallen? Genervt stand ich vom Sofa auf und ging rüber in die Küche, wo Bo beim Schmusen mit den Tischbeinen nur dann Pause machte, wenn er mich wieder anfauchte.

»Du könntest ruhig mal freundlicher sein zu der Hand, die dich füttert, sonst lasse ich dich verhungern«, riet ich ihm, während ich seinen Napf mit Futter füllte. Während Bo schmatzend sein Abendbrot zu sich nahm, knurrte mein eigener Magen nach dem Motto: Kümmere dich lieber mal um mich, statt um den fetten Kater.

Also schmierte ich mir ein Brot und machte es mir damit auf dem Sofa vor dem Fernseher gemütlich. Nachdem ich mein Abendbrot aufgegessen hatte und auch Bo fertig war, kam er zu mir auf das Sofa. Er hielt immer noch den größtmöglichen Abstand von mir und beobachtete mich trotzdem mit wachsamen Augen. Aber immerhin war er mit mir in einem Raum, sodass ich die winzig kleine Hoffnung hatte, dass sich die Situation zwischen uns allmählich wieder verbesserte. In meine blaue Decke eingekuschelt, schlief ich auch schon bald ein.

Am nächsten Morgen wurde ich weder von meinem nervtötenden Wecker, noch von einem eingebildeten Kater wach, sondern von einem Traum vom Seelenfänger. Ich lag auf dem Rücken auf dem Sofa und sobald ich die Augen öffnete, vergaß ich den genauen Inhalt des Traums. Mein Blick ging an die weiße Decke und ich blinzelte benommen. Der Fernseher war immer noch eingeschaltete und zeigte nun die Nachrichten.

Wie viel Uhr war es? Gerade als ich nachsehen wollte, wie lange ich noch schlafen konnte, bis ich aufstehen musste, klingelte es an der Tür. Wer zur Hölle besucht mich denn so früh am Morgen?

Ich spürte, wie sich innerlich die Wut aufbaute und mein Kopf sich schon eine Ansage zu Recht legte. Doch als ich sah, wer da vor der Tür stand, verschluckte ich mich an meiner eigenen Spucke. Ein heftiges Husten schüttelte meinen Körper und ich bekam nur ein Wort mit Mühe raus. »Taric.«

»Du bist mir vielleicht eine Schlafmütze. Ich habe dir bereits eine Nachricht geschrieben und deine Chefin hat dich auch liebend gern freigestellt für heute«, plauderte er direkt drauf los und marschierte an mir vorbei. Da ich dieses Verhalten von ihm bereits gewohnt war, ließ ich es unkommentiert und folgte ihm ins Wohnzimmer.

Da ich gerade erst wach war, realisierte mein Kopf erst jetzt, was er gesagt hatte.

»Moment mal, was hast du gesagt? Du hast mich bei meiner Arbeit abgemeldet für heute?«

Verwirrung und Ärger machten sich in mir breit, denn wenn ich etwas nicht leiden konnte, dann war es, wenn man mir meine Entscheidungsfreiheit nahm.

»Du kannst doch nicht einfach bei meiner Einrichtung anrufen und mich frei-stellen«, fauchte ich ihn an, denn ich war nun definitiv wütend. Das war mein Leben und es reichte schon, wenn der Seelenfänger darüber entschied.

Taric griff nach meiner Hand und sofort durchströmte mich wieder diese kribbelnde Energie. Meine Wut verpuffte sofort, als wäre nie etwas passiert und Zufriedenheit ersetzte das negative Gefühl. Obwohl mein Verstand und meine Gedanken sich dessen sehr wohl bewusst waren, dass ich wütend war, hielt ich es wegen der positiven Emotionen nicht mehr für so wichtig, einen Aufstand zu machen.

»Ich habe eine Überraschung für dich, du wirst dich freuen«, sagte Taric, während er mich wie verrückt angrinste.

Etwas widerwillig zog ich mir wie von Taric gewollt, eine bequeme Jeans und ein langärmeliges, dünnes Oberteil an. Bo saß wie üblich auf seinem Schoß und ich hatte das Gefühl, er wollte am liebsten eins mit Taric werden.

»Soll ich euch beiden noch einen Moment geben oder können wir dann?«, spottete ich und konnte nicht verhindern, dass ein vor Eifersucht triefender Unterton in meiner Stimme zu hören war.

»Sofort zu ihren Diensten Hoheit«, witzelte Taric zurück, setze den Kater von seinem Schoß und ging an mir vorbei durch die Tür. Ich folgte ihm zu seinem Auto und rätselte währenddessen, was er wohl mit mir vorhatte.

Taric war wirklich ein seltsamer Mensch und ich fragte mich immer wieder, warum ich einfach mit ihm durch die Gegend fuhr, er ständig vor meiner Haustür stand und ich mich so anders verhielt, wenn er da war. Wir beide kannten uns ja nicht einmal einen Monat und er tat so, als wären wir schon ewig ein Paar.

Die Frage, wie viel von seinen Andeutungen mit seinen echten Gefühlen zusammenhing, kam mir in den Sinn. Ich konnte nicht einschätzen, ob das alles für ihn ein großer Spaß war oder ob er doch ernsthaft an mir interessiert war. Jedenfalls hatte ich kaum genug Zeit, darüber nachzudenken, denn nach nur zwanzig Minuten, lenkte Taric sein Auto auf einen Parkplatz vor einer großen Lagerhalle.

»Was wollen wir hier?«, fragte ich und wurde kurz von dem unheimlichen Gedanken durchzuckt, dass er vielleicht doch irre war und mich umbringen wollte oder so.

»Auf deiner Liste steht, du willst Fallschirm springen. Also habe ich mich bei einem guten Freund von mir für heute angekündigt«, antwortete er lässig und zeigte seine perfekten, weißen Zähne beim Lächeln. Sofort begann mein Herz zu rasen und ich schwitzte an so ziemlich jeder Körperstelle. Ich hörte das Rauschen in meinen Ohren und spürte, wie mein Hals immer trockener wurde und mir das Schlucken schwerfiel.

»Taric, ich glaube, mir wird ganz schwindelig«, warnte ich ihn, weil sich tatsächlich flackernde schwarze Punkte in meinem Sichtfeld bildeten. Er legte einen Arm um meine Hüfte und schob mich weiter voran in die Lagerhalle.

»Keine Sorge, wir springen zusammen. Ich habe das schon so oft gemacht, dass ich es gar nicht mehr zählen kann«, versuchte er mich zu beruhigen, doch ich war mittlerweile dankbar, dass mich sein Arm aufrecht hielt. Meine Beine fühlten sich an, als wären sie aus Wackelpudding und in meinem Magen grummelte es beunruhigend.

»Taric, alter Freund, sag bloß, du willst schon wieder springen?«, rief eine tiefe Stimme eines Mannes, den ich nicht sofort entdeckte.

»Ja, eine Freundin möchte gerne einmal mitspringen. Ben, das ist Mira«, stellte er mich dem kleinen, pummeligen Mann vor, der mich mit einem schiefen Grinsen begrüßte.

Wir folgten Ben durch die Halle und verließen sie auf der gegenüberliegenden Seite, von der wir gekommen waren und traten auf eine große, freie Wiesenfläche. Ein kleines Flugzeug wartete schon auf seinen Einsatz, während ich mir sicher war, ich würde gleich in Ohnmacht fallen. Ben reichte uns irgendwelche Anzüge, die ich wie benommen anzog und mich danach nur noch von Taric und Ben durch den Crashkurs leiten ließ.

Als wir fertig waren, hatte ich bereits einen Großteil der Erklärungen wieder vergessen und hoffte, dass Taric mich einfach führen würde.

Wir stiegen in das kleine Flugzeug, setzten uns in die Sitze und schnallten uns an. Max saß vorne am Steuer und schaltete die laute Maschine des Flugzeuges ein. Wenige Minuten später waren wir in der Luft und geschätzte 200 Meter über dem Boden. Meine Wahrnehmung beschränkte sich ab da nur noch auf mein körperliches Befinden, weswegen ich auch nicht mitbekam, wie Taric uns beide abschnallte, mich auf die Beine zog und mich an ihm sicherte.

»Sind wir soweit Ben?« rief Taric, um den Lärm zu übertönen, und Ben hielt nur einen Daumen hoch. Daraufhin wurde die Flugzeugtür vor mir geöffnet und mir wurde schlagartig schwindelig, als ich sah, dass unter mir alles winzig klein war.

»Bist du bereit? Ich zähle bis drei, dann springen wir«, brüllte Taric und seine Stimme erklang durch die Kopfhörer auf meinen Ohren. Nur die durchsichtige Brille schützte meine Augen vor dem starken Wind hier oben, doch mein Gesicht sah wohl aus, als versuche ich, Frankenstein zu spielen.

»Ich kann nicht Taric«, flehte ich ihn an, weil mich der Mut verließ. Als ich diesen Wunsch aufgeschrieben hatte, hatte ich nicht darüber nachgedacht, wie ich mich dabei fühlen würde. Mein Herz hämmerte wild gegen meine Rippen, als würde es lieber hierbleiben und nicht mitspringen. Ich war froh, mich nirgendwo wirklich festhalten zu müssen, denn meine Hände waren schweißüberzogen.

»Mira, ich bin bei dir. Dir wird nichts passieren. Vertrau mir.« Taric nahm eine meiner Hände und sofort schoss die Energie durch mich hindurch, als hätte mein Körper gerade eine Überdosis Adrenalin freigesetzt. »Eins. Zwei. Drei.«

Ich schrie, aber es hörte sich an, als wäre es jemand anderes. Taric verhakte seine Hände mit meinen und hielt unsere Arme ausgestreckt und ruhig. Mein Herz hatte einen Schlag ausgesetzt und ich hatte das Gefühl, mein Bewusstsein war für eine Sekunde abgesackt. Der Wind presste meine Mundwinkel nach oben und der enorme Widerstand drückte gegen meinen Körper.

Nach den ersten zwei Sekunden hatte ich den größten Schock verdaut und konnte mich auf den freien Fall konzentrieren. Ich spürte die Sicherheit durch Taric an meinem Rücken und mein Instinkt sagte mir, dass mir nichts passieren würde. Unter mir befanden sich Häuser, Felder, Straßen, Wälder und alles war winzig klein.

Ich sah das gesamte Bild und in diesen wenigen Sekunden, in denen wir fielen, spürte ich, was mein Verstand schon immer wusste: Ich war mit all dem verbunden, ich war Teil von allem. In mir drin setzte sich das Puzzle zusammen und ich erkannte meine Bestimmung als nächste Seelenfängerin.

Kapitel 19

„Dein Herz bestimmt deine Entscheidungen.
Niemals dein Kopf."

Als wir auf dem Boden landeten, waren meine Beine noch wackliger als beim Start und so blieb ich zunächst einen Moment sitzen, während Taric unsere Verbindung durch die Sicherheitshaken löste.

Mein Körper forderte zwar meine Aufmerksamkeit, doch meine Seele und meine Gedanken waren mit dem beschäftigt, was ich in den wenigen Sekunden Fallen erkannt hatte. Ich war die nächste Seelenfängerin und ich konnte meiner Bestimmung nicht entkommen. Diese Erkenntnis wiederholte sich in meinem Kopf wie ein Mantra und erfüllte mich vollkommen. Ich spürte das starke Sehnen meiner Seele, die plötzlich wusste, dass sie Teil dessen war, was das menschliche Auge nicht sehen konnte. In mir hatte sich ein Puzzle zusammengesetzt, von dem ich nicht einmal gemerkt hatte, dass es da war.

»Mira, alles in Ordnung bei dir?«, fragte Taric und ich hörte die ehrliche Besorgnis in seiner Stimme. Ich legte den Kopf in den Nacken und sah zu ihm rauf, bevor ich grinsend nickte.

»Das war großartig!«, sagte ich begeistert, ließ mich in die hochgewachsene Wiese fallen und sah in den Himmel. Natürlich hatte Taric nicht die geringste Ahnung, was in mir los war, aber der Sprung aus, keine Ahnung wie viel Meter Höhe, hatte sicherlich meine Gefühle aufgewirbelt und ich war berauscht vom Adrenalin.

Nachdem uns Ben nach einer Weile vom Landeplatz abgeholt hatte, verabschiedeten wir uns und fuhren zurück zu meiner Wohnung. Während der Fahrt genoss ich den warmen Wind, der mir die offenen Haare ums Gesicht peitschte. Ich lehnte den Kopf hinten an und schloss die Augen.

»Du siehst ja richtig glücklich aus«, bemerkte Taric und ich brauchte ihn nicht anzusehen, um das Grinsen in seiner Stimme zu hören.

»Ich bin ja auch gerade aus dem Flugzeug gesprungen, konnte für eine Sekunde fliegen und bin vollgepumpt mit Adrenalin«, gab ich ebenfalls grinsend zurück, denn tatsächlich war ich etwas stolz und froh, dass ich einen Punkt meiner Liste abhaken konnte.

Ich drehte den Kopf zu Taric, der sich auf die Straße konzentrierte und sah ihn plötzlich mit anderen Augen. Seit meinem Unfall war er eine der einzigen positiven Veränderungen in meinem Leben. Und obwohl er mich kaum kannte, versuchte er stets mich aufzuheitern und wollte sogar meine Liste mit mir abarbeiten. Jedenfalls war es das, was ich in sein Verhalten reininterpretierte.

»Danke«, sagte ich und meinte damit nicht nur den Fallschirmsprung.

»Gern geschehen. Jetzt bleiben uns nur noch 9 Punkte zu erledigen«, antwortete er und schien schon zu überlegen, was wir als Nächstes machen könnten.

»Ich möchte Jill dabei haben. Ach und ich soll ein gutes Wort für sie und Christian für ein Dinner in deinem Restaurant einlegen«, fügte ich schnell hinzu, bevor er weiter plante und weil mir mein Versprechen gegenüber Jill gerade einfiel.

Ein schallendes Lachen erklang und übertönte selbst den Wind. Wärme durchströmte mein Herz bei diesem Klang, weil es so ehrlich und lebendig war, ganz anders als das Lachen der Leute, das ich sonst so hörte.

»Was hältst du davon, wenn wir Jill und Chris abholen und mit ihnen essen gehen?«, bot Taric an und überraschte mich, obwohl ich seine Spontanität bereits gewohnt war.

»Ich ruf sie kurz an und frag ob sie Zeit hat«, schlug ich vor und wählte bereits die Nummer meiner besten Freundin.

»Ich bin so aufgeregt, Mira!«, plapperte Jill, die ihr Glück kaum fassen konnte. Ihr halber Kleiderschrankinhalt war mittlerweile im ganzen Zimmer verteilt, weil sie nicht wusste, was sie anziehen sollte. Taric war vom Warten im Auto sicher bereits eingeschlafen.

»Mira, ich habe gar nichts zum anziehen«, jammerte sie, während sie ihr siebtes Outfit wieder auszog.

»Jill, das sah doch gut aus«, beklagte ich mich und fügte noch hinzu: »Außerdem wartet Taric jetzt schon eine Ewigkeit im Auto und Christian macht sich sicher mittlerweile schon Sorgen, dass uns etwas zugestoßen ist.«

Seufzend sammelte Jill doch wieder ihr erstes Outfit vom Boden ein und zog dieses an, sodass ich mir gleich falsch angezogen vorkam. Ihr elegantes rosafarbenes Kleid ließ sie im Vergleich zu meinem Jeans-und Blusen-Outfit, das ich mir nach dem Sprung schnell angezogen hatte, selbst wie eine Prominente aussehen.

Plötzlich klopfte es an der Tür und Emma kam mit einem schmalen Karton herein.

»Mira, der junge Mann, der im Auto sitzt, hat mir das hier für dich gegeben«, erklärte sie freundlich und ließ uns dann direkt wieder alleine. Ich sah ihr betroffen nach, weil ich wusste, dass sie es nicht ertrug, mich länger anzusehen. Doch bevor mich meine Trauer darüber wieder überwältigen konnte, drängte mich Jill, das Päckchen zu öffnen.

»Na los, sieh nach, was drin ist«, forderte sie und ich hatte das Gefühl, sie war neugieriger, als ich es war. Ich hob den Karton langsam an, legte ihn zur Seite und hob den dunkelblauen Stoff an.

»Mira, das ist...wunderschön!«, kommentierte Jill das lange, elegante Abendkleid, das Taric mir offensichtlich schnell in seiner Wartezeit gekauft hatte.

»Zieh es an, zieh es an«, drängte Jill, wobei ich noch nicht einmal fertig war, das Kleid zu bewundern. Aber Jill ließ mir keine Wahl, denn sie setzte sich auf ihr Bett und beobachtete mich, daher legte ich das Kleid vorsichtig neben ihr ab und zog meine bequeme Kleidung aus. Anschließend schlüpfte ich in das hautenge Kleid, das mir passte, als sei es für mich geschneidert worden.

Vor mir schnappte Jill nach Luft, während ich mich in dem Kleid noch nicht gesehen hatte. Tränen bildeten sich in ihren Augen und ich kam mir beinahe vor, als würde ich gleich vor den Altar treten, um zu heiraten.

Aber als ich mich schließlich selber im Spiegel sah, hielt ich ebenfalls die Luft an. Mein Blick wanderte von oben an mir herab und ich konnte mich nicht erinnern, dass ich mich jemals mit so viel Überwältigung betrachtet hatte. Der herzförmige Ausschnitt betonte meinen Busen, sodass es fast wie eine Körbchengröße mehr aussah. Die schmalen

Träger wurden durch einen durchsichtigen, hochge-
schnittenen Stoff verbunden, auf dem hübsche geschnör-
kelte Stickereien genäht waren und der mir bis zum Hals
reichte. Derselbe bestickte Stoff bedeckte meine Arme und
wurde an meinen Handgelenken nur ein bisschen breiter.
Dass mein Bauch ebenfalls nur von diesem Stoff bedeckt
war, war mir beinahe unangenehm und ich fühlte mich
etwas nackt. Das dicke umgedrehte V, welches meinen
Bauch zeigte und bis über meine Hüftknochen verlief, war
sexy, keine Frage, aber es war selbst für meine Verhältnisse
ein sehr gewagtes Outfit. Wenigstens war das Kleid ab der
Hüfte nicht mehr durchsichtig, sodass es trotz der großen
sichtbaren Hautfläche seine Eleganz behielt. Ab dort wurde
das Kleid nach unten hin breiter und der schwere
Seidenstoff umspielte geschmeidig meine Beine beim Gehen, ohne mich dabei einzuengen oder zu behindern.

»Wow, Mira du musst dich unbedingt umdrehen«, platzte
Jill heraus und ließ mich wissen, dass sie auch noch im Raum
war, denn tatsächlich hatte ich sie gar nicht mehr wirklich
wahrgenommen. Ich drehte mich mit dem Rücken zum
Spiegel und sah über meine Schulter, um auch die Rückseite
zu begutachten. Mein gesamter Rücken war frei und das
Kleid hatte hinten einen ebenfalls ziemlich tiefen V-Schnitt,
der nicht mit Spitze bedeckt war, sodass ich befürchtete,
man könnte vielleicht meinen Po sehen, wenn ich mich auf
einen Stuhl hinsetzte.

Um das Ganze noch abzurunden, befanden sich passende
Schuhe im Karton, die Jill mir voller Staunen hinhielt. Ich
war überzeugt, dass sie die Highheels am liebsten selber
behalten hätte und dass es sie im Herzen schmerzte, sie mir
auszuhändigen. Die Schuhe waren ebenfalls dunkelblau

und mit dem gleichen geschnörkelten Muster geschmückt. Erstaunlicherweise waren sie sogar unheimlich bequem, obwohl ich es sonst eher ablehnte, Highheels zu tragen.

»Und du willst mir sagen, dass da nichts zwischen dir und Taric läuft?« Jills rhetorische Frage erschien mir gar nicht mehr so schwachsinnig, denn allmählich bekam die Frage, ob Taric mehr für mich empfand, an Bedeutung. Aber darüber würde ich mir später Gedanken machen müssen, denn Jills Handy klingelte und zeigte ein Bild von Christian auf dem Bildschirm.

»Ja, wir kommen jetzt. Ja, ich mich auch. Bis gleich«, sprach Jill ins Handy und legte dann wieder auf.

»Wow, Mädels, ihr stehlt mir noch die Show«, witzelte Taric wie immer, aber mir entging nicht der gefesselte Blick, den er über meinen Körper wandern ließ.

»Taric warum hast du mir nicht erzählt, dass dir das Lebensglück gehört?«, beschwerte sich Jill und sah ihm vorwurfsvoll an. Ich kicherte belustigt und zuckte mit den Schultern, als Taric mich verwirrt ansah.

»Weiß Christian wenigstens davon? Oh meinst du, ihm gefällt mein Outfit?«, plapperte sie weiter und wartete überhaupt nicht auf eine Antwort. Stattdessen sah sie an sich herab und begutachtete ihr langes geschmeidiges Kleid.

Wir sammelten Christian unterwegs ein, der sich ebenfalls etwas herausgeputzt hatte. Taric war wie immer gekleidet, aber da er auch sonst viel Wert auf eine elegante, gepflegte Kleidung legte, stach er in unserer Gruppe überhaupt nicht negativ heraus. Ein Lächeln formte sich auf meinen Lippen, als ich Jill und Christian auf dem Rücksitz verliebt tuscheln hörte und ich fragte mich, ob ich so etwas wohl auch einmal erleben würde.

Mein Blick wanderte zu Taric, der mir kurz einen Seitenblick zuwarf und sagte: »Wenn du nicht willst, dass andere merken, dass du sie beobachtest, solltest du das unauffälliger machen.«

Ursprünglich wollte ich mit einem gekonnten Spruch kontern, fragte aber stattdessen: »Warum hast du mir dieses Kleid geschenkt?«

Es wurmte mich förmlich, keine Antwort auf diese Frage zu haben und ich hoffte, Taric würde Licht ins Dunkle bringen.

»Weil du unpassend gekleidet warst, dieses Kleid wirklich hübsch ist und weil es reduziert war'', gab er grinsend zu und ich lachte über seine Aussage, weil ich es einfach wahnsinnig lustig fand.

Ich hatte eine andere Antwort erwartet. Oder hatte ich eine andere Antwort erhofft? Es war so verwirrend, dass ich einfach keine emotionale Stellung zu ihm beziehen konnte. Aber wenigstens war Taric eben Taric und sein immer gleich bleibendes Verhalten, machte es mir wenigstens nicht unnötig schwer, herauszufinden, wie ich zu ihm stand.

Auf dem Weg vom Parkplatz zum Eingang starrte uns wieder die lange Schlange von Menschen an, die vor der Tür wartete.

»Dieses Mal starren sie wegen dir so«, flüsterte mir Taric ins Ohr, während ich bei ihm eingehakt war. Bisher hatte ich wirklich nie ein Problem gehabt, wenn Leute mich anstarrten, aber jetzt neben Taric, in diesem Kleid...

das war irgendwie einschüchternd. Hitze brannte in meinen Wangen und mein Herz schlug aufgeregt in meiner Brust.

»Woher hat sie nur dieses Kleid? Und diese Schuhe erst!«, hörte ich einige Frauen fragen, während die Männer eher Sachen wie »Man, der Kerl hat echt Glück mit den Frauen« sagten. Ich spürte, wie ich noch röter wurde, daher versuchte ich, tief durchzuatmen und sah über die Schulter zu Jill, die allen Leuten freundlich winkte.

Als wir das Restaurant betraten, beobachtete ich, wie Jill vermutlich den gleichen Gesichtsausdruck zeigte, wie ich bei meinem ersten Besuch. Sie sah hektisch von einer Ecke zur anderen und wieder zurück zur einen, weil es doch noch Details gab, die sie übersehen hatte. Chris schloss zu Taric auf und unterhielt sich mit ihm, als wäre ihm dieses Restaurant bereits bekannt. Jill schnappte nach meiner Hand und drückte so fest, dass ich den Schmerz unterdrücken musste.

»Das...wow...ist das? ...und das«, stotterte Jill, der zum ersten Mal, seit ich sie kannte, die Worte fehlten.

Natürlich hatten wir wieder einen Tisch auf der oberen Ebene des Restaurants, die nur für besondere Gäste reserviert zu sein schien und jeder von uns war von dem Essen wieder mehr als begeistert.

Die meiste Zeit unterhielten sich die Jungs untereinander über langweilige Themen, wie Sport oder Politik, während Jill mir von der Uni und den neuen Ereignissen dort berichtete. Ich war froh, dass ich damals nicht ebenfalls studieren wollte, denn die Uni schien eine Art Comedy Show im realen Leben zu sein.

Irgendwann wurde die Luft im Restaurant so warm, dass ich einen Moment frische Luft brauchte. Ein Gentleman wie Taric es nun mal war, wollte er mich begleiten, wurde aber von einem seiner Mitarbeiter gebraucht, was ihm ein frustriertes Schnaufen entlockte.

Ich ging also durch den hinteren Ausgang und betrat eine große überdachte Terrasse, die in eine hübsche Gartenanlage überging. Am Geländer und in den Bäumen waren überall Lichterketten angebracht, sodass es bei dieser Abenddämmerung irgendwie eine magische Atmosphäre schuf. Da es früh abends immer noch zu kalt war, saßen keine Gäste auf der Terrasse, sodass ich alleine war.

Eine Gänsehaut hatte meine Haut überzogen, besonders am Rücken war es sehr kalt und ich bereute, keine Jacke mit rausgenommen zu haben. Ich schloss einen Moment die Augen, um die frische Luft einzuatmen, bevor sie sich veränderte.

Der Geruch von Sommerregen, verbranntem Holz und Zitrone traf auf meine Geruchsnerven und ich inhalierte den Duft praktisch, als wäre er mein Lebenselixier. Die andere Art von Kälte, die ich plötzlich spürte, war weniger äußerlich als viel mehr innerlich und meine Seele erkannte den Seelenfänger sofort.

»Ich habe mich schon gefragt, wann du wieder auftauchen würdest. Ich habe vielleicht eine Lösung für das Problem. Jill hat gesagt, vielleicht würde ich mich wohler fühlen, wenn ich nicht alleine da durch müsste. Sie hat gefragt, ob sie dabei sein könnte«, erklärte ich dem Seelenfänger schnell, bevor er mir wieder erzählte, dass wir keine Zeit mehr hatten. Während er schwieg und ich ihn beobachtete, entging mir nicht das klitzekleine Stirnrunzeln, bevor er antwortete.

»Wenn es dir hilft, deine Aufgaben zu erledigen, dann kann sie dabei sein«, willigte er ein.

Seine Mimik war immer sehr neutral, aber da ich eine Verbindung zu ihm hatte, war mir die Veränderung trotzdem aufgefallen. Er schloss mich aus seiner Seele aus und sah an mir vorbei.

Ruckartig drehte ich mich um und entdeckte Taric auf der Terrasse stehend.

»Wie...wie lange stehst du schon da?«, fragte ich unsicher und hoffte, er hatte meine Selbstgespräche nicht mit angehört.

»Eine Weile«, gab er zurück ohne sein übliches Grinsen oder der Lockerheit in seiner Stimme. Krampfartig überlegte ich, was ich ihm sagen sollte, damit er nicht dachte, ich sei verrückt.

Aber das war nicht nötig.

»Hallo Seelenfänger«, begrüßte Taric meinen unsichtbaren Freund und würdigte mich keines Blickes.

»Warte mal, du kannst ihn sehen?«, stammelte ich und konnte nicht glauben, was gerade geschah.

»Hallo Bruder«, antwortete der Seelenfänger und brachte mich nun völlig aus der Fassung. Ungläubig starrte ich zwischen den beiden hin und her, die scheinbar vergessen hatten, dass ich da war.

»Lange nicht gesehen. Wie ist es denn so unter den Toten? Ich stelle es mir schwierig vor, mit Menschen zu sprechen, wenn man schon so lange keine Unter-haltung mehr geführt hat. Und wenn ich mich recht erinnere, kannst du ja auch weder Emotionen fühlen noch bei anderen interpretieren, oder?« Tarics Stimme klang durch die Frostigkeit darin fremd und irgendwie hatte ich das Gefühl, er mochte den Seelenfänger nicht besonders.

»Moment mal, kleine Auszeit, hallo«, meldete ich mich zu Wort und forderte die Aufmerksamkeit der beiden Männer.

»Wer du bist weiß ich«, begann ich und sah den Seelenfänger an. »Aber wer...bist du?«, fragte ich und drehte mich zu Taric, während ich versuchte mehr Abstand zu ihm zu bekommen.

Obwohl der Tod nicht unbedingt das war, was die meisten bevorzugten, so war der Seelenfänger wenigstens von Anfang an ehrlich gewesen und ich vertraute ihm aktuell mehr als Taric.

Der Mann vor mir, den ich plötzlich mit anderen Augen betrachtete, seufzte schwer, bevor er sprach: »Ich bin die Lebensseele.«

Ich runzelte die Stirn und legte den Kopf schief. »Was soll das sein?«

Doch statt von Taric die Antwort zu bekommen, antworte der Seelenfänger: »Er ist mein Bruder, mein Gegenstück, das Leben. Er wird angetrieben von der hellen Essenz, die den Menschen das Leben einhaucht, indem sie ihnen ein Teil ihrer selbst gibt.«

Mir klappte der Kiefer herunter, das durfte doch wohl nicht wahr sein. Es war schon verrückt genug, dass der Tod mir andauernd auflauerte, nun erfuhr ich hier, dass das Leben mich ebenfalls verfolgte.

Wut und Schmerz bauten sich in mir auf, weil er mir verheimlicht hatte, wer er war. Ich war enttäuscht und verletzt und gleichzeitig überrascht von mir selbst, wie ich ihm hatte vertrauen können. Wie konnte er das tun? Plötzlich wusste ich nicht mehr, ob er sich wirklich für mich interessierte oder mir das alles nur vorgemacht hatte, weil er den Seelenfänger hasste.

Offensichtlich hatte Taric meinen Gesichtsausdruck gesehen, daher kam er auf mich zu und streckte bereits seine Hände nach mir aus.

»Fass. Mich. Nicht. An«, brüllte ich ihn beinahe an, sodass er in seiner Bewegung stoppte.

Ich wusste ganz genau, was er vorhatte, denn seine Berührung würde meine Gefühle manipulieren. Die ganze Zeit hatte ich es geahnt, jetzt fiel es mir wie Schuppen von den Augen. Ich konnte nicht fassen, dass er so dreist war.

»Mira, es tut mir leid, ich wollte es dir sagen«, begann er seine Erklärung, aber ich wollte es nicht hören. Ich funkelte ihn wütend an und sagte ihm ganz klar, was ich dachte.

»Ich kann nicht glauben, dass ich meine Zeit mit dir verschwendet habe. Du hast nur mit mir gespielt. Kommst in mein Leben und tust so, als sei ich besonders für dich. Ich will dich nie wieder sehen.« Vielleicht war das zu hart, aber jemand, der nicht ehrlich zu mir war, hatte in der wenigen Zeit, die mir blieb, nichts verloren.

Ich rauschte wütend an ihm vorbei, ohne ihn auch nur ein letztes Mal anzusehen. Er rief meinen Namen, um mich aufzuhalten, aber ich ignorierte ihn. Ohne Umwege stieg ich die Stufen zur oberen Ebene empor und ging zu Jill und Christian.

»Wir gehen«, verkündete ich, drehte mich auf dem Absatz um und schritt Richtung Eingang. Ich wusste, dass Jill mir folgen würde, denn sie kannte mich gut genug, um zu wissen, dass sie mir jetzt besser nicht widersprach oder Erklärungen einforderte.

Als wir draußen waren, rief ich sofort ein Taxi, das uns nach Hause bringen sollte. Jill und Christian standen neben mir und er fragte schließlich, was denn hier los war. Jill hingegen gab ihm zu verstehen, dass er ihr vertrauen sollte und sie ihm später alles erklären würde.

Das Taxi setzte erst Christian und Jill zu Hause ab, obwohl Jill mehrfach angeboten hatte, mit zu mir zu fahren. Ich hatte allerdings dankend abgelehnt, weil ich Zeit für mich brauchte und ihr versprochen hatte, mich zu melden.

Natürlich dachte sie, ich wäre in Taric verliebt und hätte ihn gerade mit einer anderen erwischt oder etwas Ähnliches. Und obwohl mir diese Variante lieber gewesen wäre, weil ich Taric nicht liebte, war ich froh, dass ich Jill tatsächlich die Wahrheit erzählen konnte, weil sie den Seelenfänger bereits kannte.

Sie wollte darüber reden, Taric eine Ansage machen, aber ich schüttelte abwehrend den Kopf.

»Nicht jetzt!«

Widerwillig stieg sie dann schweigend aus und schmiegte sich an Christian.

Während der Fahrt zurück, wiederholte sich die Szene immer und immer wieder und ich konnte die Bilder einfach nicht aus meinem Kopf verbannen. Wie konnte Taric mich so hintergehen? Der Schmerz in meiner Brust saß tief und ob ich es wollte oder nicht. Ich musste zugeben, dass ich begonnen hatte für Taric zu schwärmen.

Als das Taxi schließlich vor meinem Haus hielt, war es wenig überraschend, dass Taric bereits dort auf mich wartete.

»Mira, ich muss mit dir reden«, bettelte er und wirkte ausnahmsweise wirklich betroffen, doch das interessierte mich nicht.

»Geh weg, ich will alleine sein«, fauchte ich ihn an und beeilte mich, die Tür aufzuschließen.

»Mira«, hauchte er traurig, sodass ich mich noch einmal umdrehte. Er hob die Hand und wollte sie an meine Wange legen, hielt aber inne und ließ sie dann wieder fallen.

Ich schloss schweren Herzens die Tür, ging hoch in meine Wohnung und warf mich dort aufs Bett. Die Tränen rannen mir unkontrolliert über die Wangen und ich wusste nicht einmal, warum ich so überreagierte.

Danksagung

Ein ganz besonderer Dank geht selbstverständlich an meine Familie, die mich stets unterstützt und an mich geglaubt hat. Wie oft musstet ihr euch meine Ideen oder meine Sorgen anhören. Ihr seid die Besten.

Spezieller Dank geht auch an meine gute Freundin Karolina Kirijatov. Es gab keinen einzigen Moment, in dem du nicht da warst, um mich zu beraten oder mir Tipps zu geben. Wie viele endlos lange Sprachnachrichten haben wir über unsere Bücher ausgetauscht. Du warst einer der ersten, die diese Geschichte geliebt hat und ich danke dir für deine konstruktive Kritik und auch für deine Mühe, sie auf Tippfehler, Logikfehler und unschöne Formulierungen zu überprüfen. Ich danke dir dafür, dass du immer an meiner Seite warst, denn ohne dich hätte ich die Geschichte vielleicht niemals beendet.

Außerdem danke ich meiner besten Freundin Elena Monßen, die sich immer meine langen Erzählungen über all meine Ideen angehört und mich motiviert hat. Auch für grafische Unterstützung danke ich dir, du bist die Beste!

Natürlich danke ich auch der #schreibmaschinen – Community, die mir immer unterstützend zur Seite stand und meine vielen Fragen mit so viel Engagement beantwortet hat. Spezieller Dank geht hier an meine Autorenmama Sarah Skitschak, die meine Unwissenheit mit so viel Herz und Geduld aufgenommen hat und an meinen Schreibbuddy, die Autorin Helena Faye, die mir ebenfalls bei Fragen immer zur Seite steht und mir ehrlich ihre Meinung sagt. Außerdem noch spezieller Dank an den Autor Martin Gancarczyk, der mir bei so vielen Dingen geholfen hat und dem ich zu jeder Tages- und Nachtzeit auf den Nerven gehen konnte!

Ein Danke geht auch an die Buchbloggerin Ceylan Merdin(misz_bookaholic auf Instagram), die von dieser Geschichte so begeistert war und mir damit so viel Mut gemacht hat, weitere Bücher zu schreiben.

Der größte Dank geht allerdings trotz allem an all meine Leser. Ohne euch wäre die Veröffentlichung dieser Geschichte nie zustande gekommen. Ich danke euch von Herzen und freue mich über jeden einzelnen, der meine Geschichte liest. Ihr seid unglaublich und ahnt gar nicht, was mir das bedeutet!